D0830042

La estirpe del silencio

Seix Barral Biblioteca Breve

Sandra Lorenzano
La estirpe del silencio

Diseño de portada: Liz Batta
Fotografía de portada: © Bettmann/CORBIS/Latinstock

© 2015, Sandra Lorenzano

Derechos reservados

© 2015, Editorial Planeta Mexicana, S. A. de C. V.
Bajo el sello editorial SEIX BARRAL M.R.
Avenida Presidente Masarik núm. 111, Piso 2
Colonia Polanco V Sección
Deleg. Miguel Hidalgo
C.P. 11560, México, D.F.
www.planetadelibros.com.mx

Este libro se escribió con el apoyo del Sistema Nacional de Creadores de
Arte del Fondo Nacional para la Cultura y las Artes

Primera edición: julio de 2015
ISBN: 978-607-07-2867-9

No se permite la reproducción total o parcial de este libro ni su incorporación a
un sistema informático, ni su transmisión en cualquier forma o por cualquier
medio, sea éste electrónico, mecánico, por fotocopia, por grabación u otros
métodos, sin el permiso previo y por escrito de los titulares del *copyright*.
La infracción de los derechos mencionados puede ser constitutiva de delito
contra la propiedad intelectual (Arts. 229 y siguientes de la Ley Federal de
Derechos de Autor y Arts. 424 y siguientes del Código Penal).

Impreso en los talleres de Litográfica Ingramex, S.A. de C.V.
Centeno núm. 162, colonia Granjas Esmeralda, México, D.F.
Impreso y hecho en México – *Printed and made in Mexico*

R060048 78427

Para Mariana.
Para Yiyí.
Por el amor.
Por las complicidades.
Por las palabras y
los silencios compartidos.

Era mi hermano
y para mí eso basta.
ANTÍGONA

Put the Blame on Mame, boys.
RITA HAYWORTH en *Gilda*

1.

Cuando a las cinco y tantas de la mañana unos golpes en la puerta lo despertaron, el comisario Quiroz imaginó que habría aparecido algún cuerpo. Cada tanto recibían un nuevo «regalito». La última fue la muchacha, cerca del río. No debía tener más de catorce años. Una pena. Menuda, blanquita. Una piel perfecta, tenía. Si no hubiera sido por las quemaduras de cigarro en la espalda, hubiera parecido una muñeca. La ciudad se alimentaba de los cuerpos de las mujeres, pensó, pero lo que dijo fue: «Otra puta muerta». Sonia no lo escuchó. Dormía profundamente. Tampoco reaccionó cuando él le besó el hombro izquierdo, con ganas de mordérselo, ni la inmutaron los golpes en la puerta que volvieron a sonar ahora un poco más fuerte que la primera vez. «Otra puta muerta». Sólo así se justificaba tanto apuro de Tafoya. Él se lo había dicho muy claro: «A mí me deja en paz, cabo. Si no hay un muerto de por medio, ni se le ocurra venir a despertarme».

Debía haber un muerto nomás. «Otra puta muerta». Así era esa esquina del mundo. Había estado con Mercado, el muchacho que estudiaba medicina y que le habían mandado como forense. Cuando el jefe se lo presentó, Quiroz lo miró con cara de «¿esto me manda?». El chico parecía recién llegado del campo. Flaco, bajito. El comisario le sacaba más de una cabeza. ¿Qué comía esta gente que no pasaba del metro sesenta? Pero tuvo que reconocer que sabía hacer su trabajo. Otra vez los golpes. Otro beso en el hombro izquierdo a Sonia que ahora sí se movió como sacándoselo de encima. «Felicidades, mamita. Te veo esta noche», le dijo Quiroz y aprovechó para morderle un poco, sólo un poco, esa piel brillosa que lo volvía loco. A ella no le gustaba que le dejara ninguna marca. «Manías. Manías. Al final soy el que paga, ¿no?».

Quiroz abrió la puerta y ahí estaba Tafoya con cara de angustia. Pobre viejo. Llevaba mil años en la policía y seguía asustándose de cualquier cosa. Por eso nunca había pasado de cabo. «El cabo más viejo de la historia del país», lo molestaba Quiroz cuando estaba de buen humor. Pero ahora no estaba de buen humor. A quién le gusta que lo levanten así, y antes de las cinco de la mañana. «Si no hay una muerta, te voy a reventar, Tafoya», lo saludó el comisario al abrir la puerta. Ni siquiera se había puesto una camiseta encima. El vello oscuro le cubría el pecho y la barriga. «Tendrías que cuidarte —le decía su mujer—, estás engordando mucho. Hacer un poco de ejercicio no te vendría nada mal». Pero a Sonia le gustaba besarle el ombligo y meterle la lengua, y decirle que adoraba esa panza de piel tirante. En un tiempo más la sacaría de ahí y le pondría una casita sólo para ella. Por ahora pagaba, como todos. «Buenas noches, comisario», le decían cuando llegaba a tomar unos tragos, a la hora que el local empezaba a vaciarse. Hacía más de seis meses que pasaba todas las noches con ella. Su mujer disimulaba. Ella sabía que tarde o temprano Quiroz volvería a casa. No era la primera vez que sucedía. Llevaban muchos años juntos y hacía tiempo que ella ya no lloraba las infidelidades.

«Si no hay una muerta, te voy a reventar, Tafoya». El metro noventa del comisario intimidaba al cabo, y si encima le salían esas chispas por los ojos, le temblaba hasta la voz.

«No es una muerta, comisario. Esta vez es un tipo».

2.

«¿Cómo es París, Anette?». La pregunta venía del fondo de la cocina. Desde allí Verny, que había dejado de dibujar, esperaba la respuesta. Laura y Lucía dejaron de pelar papas y zanahorias, y hasta Benito, el viejo ayudante, se olvidó por un momento de correr de la olla al horno y del horno a la sartén.

—Sí, señorita Anette, ¿cómo es París?

¿París? ¿Qué sabía ella de París? Había salido de allí a los seis años y prefería no recordar. La humedad, el vestido negro que las tías le pusieron para ir al entierro de sus padres, el llanto de Claire, el padre Aguiar. París era la bruma que cubría su infancia.

Sin embargo, nunca olvidaría la dirección: 26 Rue Rambuteau. Tampoco olvidaría la mano de su madre tomando la suya para subir las escaleras, el pasillo estrecho, el olor a coles hervidas que salía de los departamentos vecinos, y la tibieza al entrar al de ellos. Había poca luz. La única ventana daba a un patio interior en el que se paseaban los gatos de Madame Orchard. La verdadera luz estaba dentro. Sus padres convertían cada día en una fiesta para ellas. Marie era dependienta en una pasamanería de Trocadero, y ahí había conocido a Jacques, que trabajaba como contador en una oficina cercana. Los dos eran muy jóvenes entonces. ¿Diecinueve, veinte años? El flechazo les llegó a ambos por igual, les gustaba contarles. Desde ese momento prácticamente no habían vuelto a separarse. Se casaron en Audrieu, un pueblo cerca de Caen, donde vivía la familia de ella. «Tienes que acordarte de todo esto, Anette. Somos las guardianas de la memoria. Si nosotras lo olvidamos, este recuerdo desaparecerá para siempre de la faz de la tierra». Cada noche, las hermanitas, acostadas muy juntas, volvían a empezar la historia. «Mamá había llegado a París con los abuelos cuando todavía no había terminado el siglo...». Las guardianas de la memoria. Claire con sus catorce años se había convertido en la protectora de la pequeña. Cada mañana la despertaba, la arreglaba y la llevaba a la escuela. «¿Hoy tampoco vas a ir al liceo?». «Escucha, Anie, tengo que buscar trabajo. Nos queda muy poco dinero ya. No puedo estudiar por ahora. Pero tú lo harás por las dos, ¿verdad?». «¡Claro! Y voy a ser muy rica para que tú también puedas hacerlo», contestaba la niña abrazando a su hermana. Tantas veces habían oído a su padre repetir «Lo más importante que puedo dejarles es una buena educación». Él, que deslumbrado por el Barón Haussman había soñado con ser ingeniero y colaborar en la transformación de la ciudad, quemaba sus días en un despacho contable en el que llenaba página tras página de números. Para sus hijas sería diferente. Los domingos salían los cuatro a caminar por la ciudad, mientras les iba contando las historias que guardaba cada esquina, cada calle, cada parque. Les Jardins de Luxembourg, el Boulevard Sébastopol, la Place de L'Etoile... «Sus tres mujeres» —como le gustaba decir, para enorme placer de Anette, que se sentía entonces mayor— lo escuchaban con la misma fascinación. La ciudad era, en boca de su padre, como un libro inacabable de cuentos. En sus relatos había secretos y aventuras, amores y traiciones. El Duque de Persigny, Ollivier, y hasta Dreyfus, se habían vuelto nombres familiares. Era un convencido del poder de la razón, librepensador y anticlerical. Quizás ése era el único punto en que sus padres no estaban de acuerdo. «¡Nada de misas, Marie, es un día espléndido! Llevemos a las niñas al Bois de Boulogne. Será mejor para ellas el ejercicio y el aire puro que el olor a incienso de tu iglesia». «¡Ay mi querido Jacques —bromeaba ella—, por tu culpa nos iremos todos al infierno! Deja, por lo menos, que se persignen antes de salir». Aunque el catolicismo de Marie era más de forma y de rituales que otra cosa, las dos niñas se arrodillaban cada noche y cada mañana ante la imagen de la Virgen de Lourdes. «La más milagrosa de todas —decía Marie—. Pues a ver si nos hace el milagro y te quita tantas telarañas de la cabeza». Y a escondidas cada tanto las llevaba a Saint Eustache, su iglesia favorita. Mientras su hermana y su madre rezaban, Anette disfrutaba los juegos de luz de los vitrales; hubiera querido atrapar el polvo de oro que flotaba delante de ellas pero, las pocas veces que lo intentó, recibió un tirón en el brazo para que volviera a sentarse y fuera una buena niña. Ella quería, de verdad quería ser juiciosa y dócil como había sido Jesús (eso le había contado Claire que les enseñaba el sacerdote en las clases de catecismo), pero hasta él se hubiera distraído con el polvo de oro que los rayos de sol creaban en aquella nave alta y solemne. Anette estaba segura. «Anie, siéntate. Vamos a decir juntas el padrenuestro». «Padre nuestro que estás en los cielos, santificado sea tu nombre…». Claire también le había dicho que el cura era una buena persona, que siempre se preocupaba por los niños que iban a prepararse para la comunión, que les daba chocolate caliente, que a veces tenía dulces. Pero a Anette le parecía que alguien con esas manos tan horribles no podía ser una buena persona. «¡Si tiene las manos peludas!». «¿De qué hablas, Anie?». «El padre Aguiar tiene las manos peludas. ¡No quiero besarlas!». Su papá tenía razón, era mucho mejor salir a caminar o juntar flores en el parque que encerrarse en la iglesia. «Deja que se persignen siquiera». «La Virgen de Lourdes sí me cae bien». «¿Porque no tiene las manos peludas?», preguntó Claire aguantando la risa.

Quién iba a imaginar entonces que un accidente de tren una madrugada cualquiera dejaría en el aire los sueños de la familia Ferry. La hermana mayor se había convertido en la protectora de la pequeña. París, la humedad, el vestido negro, el llanto, el padre Aguiar.

—¿Cómo es París, Anette?

—Para mí no existe otro París que éste, queridos.

3.

«Somos las guardianas de la memoria». Contaba la abuela Regina que esa frase fue lo último que le dijo Claire, la madre verdadera de mamá. La biológica. ¿La «madre verdadera», escribí? Toda la vida mamá me enseñó que lo que realmente cuenta es el amor. No la sangre. Si no hubiera sido por amor, tal vez ella hubiera muerto al poco tiempo de nacer. Como los niños del experimento de Federico II de Prusia. «Imagínate qué horror, Irenita —me decía—. Quería soldados perfectos, que actuaran sin compasión, y por eso decidió que un grupo de recién nacidos fuera separado de sus madres y criado por enfermeros y enfermeras, con extrema eficacia; todos bien cuidados, bien alimentados y limpios, pero sin la menor muestra de afecto. El resultado fue que los bebés murieron a las pocas semanas. Sin abrazos, sin caricias, sin que siquiera el tono de voz mostrara ningún tipo de ternura. ¡Qué doloroso!». Yo la abrazaba fuerte cuando ella me contaba historias como ésta. La abrazaba fuerte, como si ella fuera una niña que despertara asustada de una pesadilla. «Todo va a estar bien, mamá». Si no hubiera sido por amor, tal vez también ella hubiera muerto. Si no hubiera sido por el amor de la abuela Regina.

Claire tuvo a mamá con sólo dieciséis años. Una chica de dieciséis años, llegada de Francia, que muere de parto. Es todo lo que sabemos de ella. Una frase que queda suelta y que se transforma en herencia. Una frase y un nombre: Noëlle. La nostalgia de un país y una lengua lejanos en el nombre de esa hija a la que no vio crecer. Y esa foto tomada en Veracruz. Es todo. Quién era, cómo había llegado a este país, cuál era su historia. «Las guardianas de la memoria». Pero ¿cómo se guarda una memoria hecha de pedazos, de huecos, de ausencias?

Tengo cincuenta años, una abuela casi niña en una fotografía, otra abuela —mi adorada Regina— a la que vi siempre con una sonrisa en los labios, y los relatos de mamá. ¿Dónde estoy yo entre esas tres mujeres? ¿Quién soy? ¿Cuál es mi memoria? «Tienes estas historias, Irenita. Lo que cuenta realmente es el amor. No la sangre. ¿Por qué te angustian tanto los vacíos del pasado?». «¿Sólo a mí me angustian, mamá? ¿Sólo a mí?». Nos abrazamos fuerte. Todo va a estar bien.

Tengo cincuenta años y me pregunto cómo sigo ahora sin ella. Cómo sigo con el hueco que me ocupa todo el cuerpo, que me corta el alma como cuchillo. Tengo cincuenta años y un mandato que pasó de Claire a Regina, de Regina a mamá, y de ellas dos a mí. ¿Cuál será la memoria que les dejaré a mis hijos?

Voy juntando imágenes, palabras que señalen nuevos caminos. No sé si podré cumplir, mamá.

«Por eso elegiste reunir los fragmentos de otras historias —me dice Juan—. Eso es lo que verdaderamente haces. Más que antropóloga eres una exploradora de otras vidas». Quizás por eso busco los hilos escondidos; las puntadas que van dibujando otras existencias, otras realidades. Otros amores y otros odios. Otros miedos. Soy entonces la guardiana de memorias ajenas. ¿Ajenas? Lo que importa es el amor. No la sangre. Mis mujeres bordan y cuentan. Allí, a la orilla del lago. Yo escucho sus relatos, sus palabras, sus silencios, todo aquello que dicen los colores de sus bordados. Son ellas las verdaderas hacedoras de historias. «Yo las junto —dice Juan— para cumplir el mandato».

Es viernes 15 de mayo. Esta noche me sentaré en la terraza con un vaso de vino y miraré la luna llena. Como la han mirado todas las mujeres que en el mundo han sido. Brindaré por la memoria. Por mamá y por mis dos abuelas: Claire y Regina. A mis abuelos Isabel y Jorge, no los conocí. Murieron cuando papá estaba en la universidad. De ellos nos quedaron unas pocas fotos en el álbum y algunas historias que él nos contaba con mucho sentido del humor: un rancho cafetalero cerca de Xalapa, una crisis que terminó con el orgullo familiar, el amor que mi padre sentía por la lluvia y el verde. Huellas, vestigios, recuerdos borroneados.

Esta noche brindaré por las ausencias y los vacíos. Por lo que todos ellos pelearon y construyeron. Por el amor más allá de la sangre. Y por mis dos hijos y sus certezas. Por Santiago y por María. Porque lloraron la muerte de Regina cuando aún eran adolescentes. «¡Una bisabuela! ¡Mamá, soy la única del salón que tiene bisabuela!». Y volvieron a llorar conmigo, ahora por la muerte de Noëlle. ¡Cómo disfrutaron los dos a esa abuela juguetona y cariñosa! Los días que se iban a dormir a la casa de la calle Córdoba eran una fiesta para ellos. ¿Cuál es la historia que tengo que contarles? Claire muerta a los dieciséis años. ¿Quién era? ¿Cómo era? ¿De dónde venía? ¿Por qué había llegado a este país? Creciste sin saberlo, mamá. Sin saber quién era tu padre. ¿De qué memoria soy guardiana?

—Ayer murió Rita Hayworth. ¿Te acuerdas cómo le gustaba a tu papá? Se sabía todas las canciones de las películas.

—Cada vez buscas noticias más raras en el periódico, Juan —le comento. Lo que busca de verdad es que me olvide del dolor. «Te irás acostumbrando», me dicen. Pero no quiero acostumbrarme. No quiero olvidar. No quiero que la herida se cierre.

—*Put the Blame on Mame* —imita Juan a Rita.

—El Papa está viajando por América Latina, Thatcher quiere reelegirse, los soviéticos siguen metidos en Afganistán, ¿y tú me hablas de Rita Hayworth? No se te olvide recordarme que estamos en el año del conejo según el horóscopo chino. —Nos reímos juntos Juan y yo, a pesar de todo. Sabemos que nos reímos de las mismas cosas. Aun con el dolor. Aun con el vacío—. Pero tienes razón, a papá le encantaba.

—Y cómo no. ¡Qué mujer! En *Gilda* está espectacular. El *striptease* más genial de la historia del cine. ¿Te acuerdas? Prefiero hablar de ella que de la Thatcher.

Sin duda, Juan.

—Fíjate lo que dice: «La actriz Rita Hayworth, que se hizo famosa en todo el mundo por su interpretación en la película *Gilda*, murió la noche del jueves al viernes en Nueva York, a los 68 años. Una de las más conocidas estrellas del mundo cinematográfico, protagonista de un importante número de películas en el Hollywood de los años cuarenta y cincuenta, comenzó su carrera en Tijuana haciendo pareja de baile con su padre. Rita tenía desde hace años una enfermedad que le afectaba al cerebro. La dolencia que padecía era una especie de senilidad precoz. Antes había sufrido de una fuerte adicción al alcohol. Margarita Carmen Cansino, tal era su verdadero nombre, murió sola en la casa de su hija Yasmin, fruto de su matrimonio con el príncipe Ali Kahn. Vivía allí desde el año 1981, cuando una corte determinó que la actriz era incapaz de valerse por sí misma. La actriz Rita Hayworth se había perdido ya hace varios años en las nubes de una memoria que ocultó el brillo de la estrella».

—¿De qué hablan? —pregunta Santiago al llegar. En pocos días regresará a París a seguir con la maestría. Le apasiona la arquitectura. Conoce la historia de cada calle, de cada edificio. Mi hijo. Tan parecido a Juan, tan protector, tan adulto. «Pero con los ojos de Claire», decía siempre Regina. También ahí está la memoria.

—De Rita Hayworth.

—¿De Rita Hayworth? ¿La actriz? Le encantaba al abuelo Carlos, ¿no?

—¿Cómo te acuerdas de esas cosas?

—De Rita Hayworth, y del año del conejo —dice Juan cerrándome un ojo.

4.

¿Por qué me mandas esas fotos, Verny? ¿Qué significan esos cuerpos? ¿Quiénes son esos hombres? De a poco fui tomando dinero del que le entregaban a papá por mis noches de trabajo. Era en el Casino de Agua Caliente. ¿Lo recuerdas, Verny? Yo esperaba en el porche de la casa de Chula Vista a que él sacara el coche. Un Buick amarillo 1931. «¿Amarillo, Eduardo?». «Qué sabes tú, Volga, si vives detrás de una cortina de alcohol. ¿Se te olvida que es uno de los colores de mi bandera? ¿O crees que todos nacimos en DC?». Mamá regresaba pálida y con una sonrisa lejana en los labios. ¿Estuviste en Tir na nÓg, mamá? ¡Llévame contigo! Prometo no bajarme nunca del caballo. Pero llegaba el momento en que papá sacaba el coche y gritaba: «¡Hora de trabajar, Maggie!», y tomábamos el camino que iba hacia el sur. Sonny y sus amigos se me quedaban viendo como si fuera yo un ser de otro planeta. Las rodillas picudas, la falda corta, las calcetas. ¿De qué podía trabajar alguien así? Pasé mi cumpleaños número trece cruzando la frontera. Por eso cuando tú ibas a cumplir esa misma edad quise que tuvieras un regalo especial, Verny. ¡Que nadie te tocara! ¡Que nadie sembrara el miedo en tus noches! De a poco fui tomando algo del dinero que me ganaba en Tijuana y que le entregaban a papá. «¿No quieres que mamá esté contenta,

Maggie? Ve con el señor. Yo estaré aquí esperándote. Todos los padres lo hacen». El aliento rancio. Las manos manchadas. Y a ti se te iluminaron los ojos cuando te di el paquete con el moño azul. Yo misma se lo había puesto. ¿Cuántos años tomaste fotos con esa cámara, Verny? No querías otra más que la que yo te había regalado. «Maggie, Maggie ponte junto a mamá». «Ahora tú, Sonny». Las jaulas con pájaros. Los chicos que jugaban pelota frente a casa. El perro Fred, al que papá no quería porque decía que roncaba. Todos estaban en tus fotos. Hasta tus amigos de Tijuana. Pero ¿quiénes son éstos, Verny? ¿Por qué me mandas sus fotos? Te perdías durante días y días, y yo ya no podía escaparme del estudio. No podía ya seguirte los pasos. Las clases —de pronunciación, de baile, de canto— me agotaban. Las modistas. La peluquera. «No sé qué ha visto en ti Mr. Judson. Él que es tan refinado». Clases y más clases. ¿Se puede cambiar la voz, Verny? «Más profundo, querida, dilo con más profundidad; un tono más abajo, por lo menos». Ahora tengo la voz cascada de quien ha envejecido trescientos años. ¿Aún recuerdas la voz de mamá? Se adelgaza en mis oídos hasta transformarse en un murmullo apenas inteligible. Cierro los ojos. «La lady se quedó dormida», gritan en la lengua rasposa de papá. ¿Cuánto hace que no duermo, Verny? Las palabras se me escapan. Los rostros se desdibujan. Pequeños seres me comen el cerebro. Sólo cierro los ojos para intentar apresar tu voz, Verny; la voz de mamá, las vocecitas de mis hijas cuando eran pequeñas. Miraste con asombro el paquete de moño azul. Adentro: la cámara. Una lente para asomarte al mundo sin tartamudeos, sin sonrojarte ni esconderte. «Más profundo, querida, dilo con más profundidad». «Put the Blame on Mame, boys». ¿Por qué me mandas estas fotos, Verny?

5.

Los meses que siguieron a la muerte de sus padres fueron muy difíciles para Anette y Claire. Al dolor de la pérdida que las hundió en una sensación de irrealidad constante se sumaba la precariedad cada vez mayor de sus vidas: la casera que les pedía el pago de la renta, el dueño de la panadería que ya no quería fiarles, los útiles que la pequeña debía llevar a la escuela... Cómo podía ella con sus catorce años hacer frente a todo esto, se preguntaba Claire cada mañana. Y por más que recorría las calles de la ciudad buscando trabajo, no encontraba nada. «No te preocupes, Anie, algo se me va a ocurrir». Pero cuando la tos de su hermana ya no dejó dormir a ninguna de las dos, Anette decidió que era el momento de que ella también hiciera algo. ¿Pero qué? No tenían a nadie a quien acudir. La familia de Caen se había desentendido de la situación. Una de las tías llegó a París para el entierro —eso sí: con un par de vestidos negros que había mandado hacer varios años atrás para que usaran sus hijas en algún velorio— y se despidió de ellas deseándoles «suerte». «Es una pena que Audrieu esté tan lejos. No sé cuándo volveremos a vernos. Ahora ustedes son responsables una de la otra. Mucha suerte, pequeñas».

Cada mañana seguían rezando ante a la imagen de la Virgen de Lourdes, «la más milagrosa». Ése era el momento en que se permitían unas lágrimas por sus padres. «Tenemos que ser fuertes, Anie. Ya verás que todo va a estar bien». Era una frase que Marie repetía siempre frente a algunos de los temores de sus hijas, mientras las acariciaba: «No se preocupen, ya verán que todo va a estar bien». En boca de Claire no sonaba tan tranquilizador, pero Anette quería creerle.

Fue una de esas mañanas, después de una noche en que su hermana tosió sin parar, que organizó la visita que les cambiaría la vida.

«Claire siempre dice que es buena persona. Estoy segura de que él podrá ayudarnos a conseguir dinero para las medicinas. No creo que esa tos signifique nada bueno. No puedo dejar que empeore. Aunque me dé asco besarle la mano. ¿Acaso la salud de mi hermana no vale el mal trago? Me aguanto. ¿Todos los curas tendrán las manos así? ¿Será una señal de dios? Mamá también le tenía aprecio. En esto me parezco más a papá: no me gusta el padre Aguiar. Pero a quién más podría pedirle ayuda».

Cuando esa tarde Anette llegó con el jarabe y una bolsa de pan, Claire se sorprendió.

—Dice el padre que vayas a verlo, que él nos va a ayudar. Pero primero cúrate la tos. Si no, le vas a toser en la mano.

El plan del sacerdote era más complicado de lo que ellas hubieran imaginado: viaje, llegada a un país extranjero, otro idioma. Les proponía, en resumen, una nueva vida.

—En la Ciudad de México veremos el sol todos los días, Anie. Dice el padre Aguiar que tiene el mejor clima del mundo. Y harás nuevos amigos. Ya no tendremos que rogarle al panadero que nos dé una *baguette*, ni escuchar a Madame Girardon reclamarnos la renta cada semana.

—¿Pero de verdad quieres casarte, Claire? ¡Si ni siquiera conoces al novio!

—Dice el padre que es un buen muchacho, de buena familia, y en la foto que me mostró no está de mal ver. Mira, Anie, en pocos meses cumplo quince. Mamá se casó de diecinueve; no hay tanta diferencia.

—Papá y mamá se enamoraron. Lo tuyo es distinto.

—Prefiero esta boda que seguir viviendo de la caridad ajena. ¿Tú no?

Con miedo, con ansiedad, llegaron las hermanas al puerto de Marsella en abril de 1907. Llevaban dos maletitas y la imagen de la Virgen de Lourdes que había sido de Marie. El padre Aguiar las había ayudado a arreglar toda la documentación, y el novio desconocido pagó los pasajes. Claire, asustada, casi no salió a cubierta durante toda la travesía. La pequeña, en cambio, rápidamente se hizo amiga de la tripulación. La protegían, le guardaban comida de los pasajeros de primera clase, y se divertían escuchando sus relatos sobre la historia de París. Anette recordaba los cuentos de su padre y los salpimentaba con su vocecita cantarina.

—¿No saben cómo era antes la ciudad? Sucia y oscura. Si no fuera por lo que hizo Haussman, París sería más parecida a una pocilga que a la «ciudad de la luz».

Escuchar las disertaciones sobre arquitectura, política, economía e incluso enredos amorosos, en boca de aquella niña de ocho años se convirtió en uno de los entretenimientos del viaje.

—A ver, ven, acércate, ¿cómo es que sabes todas esas historias?

El que le hablaba era un muchachón, seguramente gallego por el acento con que pronunciaba el francés, que viajaba en tercera, como ellas.

—Mi papá me las contaba.

—¿Es profesor?

—No, le hubiera encantado poder estudiar arquitectura, pero era asistente contable. Mi mamá trabajaba en una pasamanería.

—¿Y por qué no están viajando con ustedes? ¿Las están esperando en América?

Una nube oscura empañó la mirada de Anette.

—Murieron hace casi un año en un accidente de tren. Pero me dijo Claire que somos las guardianas de la memoria, por eso me gusta contar lo que aprendimos con ellos.

—Pues lo cuentas muy lindo. A todos nos gusta escucharte —agregó una muchacha bajita y de brillantes ojos negros—. Hola, soy Adela.

—Perdón, yo ni siquiera te había dicho mi nombre. Me llamo Martín Reyes, y ella es Adela de Reyes —subrayó él.

—¡Nos acabamos de casar!

—Yo me llamo Anette. —Aquellos dos formaban una pareja realmente divertida, pensó la niña. Él es enorme y ella tan chiquita—. Mi hermana también se va a casar. Lo que pasa es que todavía no conocemos al novio. ¿Ustedes sabían que en México siempre hay sol?

Aquella parejita se convirtió en protectora de las niñas. La complicidad entre Claire y Adela, las sonrisas pícaras que acompañaban los secretos de la recién casada, las bromas, todo en esa media lengua que tenía un poco de gallego, otro tanto de francés y un castellano divertido que iban creando entre los cuatro, ayudaron para regresarle algo de alegría a la adolescente.

—¿Y tú por qué sabes francés, Martín? —le preguntó Anette una mañana en que el movimiento del barco los tenía sin poder moverse de sus lugares.

—No, si en realidad sólo sé unas palabras. Me las enseñaron los jesuitas en el internado.

—¿A ti te gustan los curas? Mi papá no los quería nada. Y yo no sé, pero me parece que a mí tampoco.

—A mí me gustan tanto como el mareo que me está dando esta tormenta. Pero siempre hay alguno que vale la pena; para mí fue el padre Severino. Él me ayudó a hacer menos dolorosa mi vida lejos del pueblo.

—¿Tú crees que ustedes y nosotras podremos vivir cerca en la Ciudad de México? No me gustaría que nos tuviéramos que separar. Ya somos «hermanos de barco», ¿no?

—Claro que lo somos, niña, pero nosotros seguiremos camino hacia el norte, casi a la frontera con Estados Unidos. Ahí hay un par de ciudades nuevas y para allá vamos. A lo mejor no transformo París, pero voy a ayudar a que Tijuana sea una gran ciudad. Para eso soy ingeniero.

6.

Vivir en Monserrate tenía su chiste, pensaba Anette. Ahí, frente al templo de San Jerónimo, siempre pasaba gente hablando, gritando, vendiendo de todo: queso, naranjas, peines. ¡Hasta zapatos le había comprado su hermana a un vendedor ambulante! Los niños jugaban con una pelota de trapo, o corrían a esconderse cuando aparecía el vigilante, y las niñas preferían las matatenas o saltar a la cuerda. «Brincar la reata» aprendió a decir rápidamente Anette. «El español se parece mucho al francés, ¿no crees, Claire? Suena muy dulce. Me gusta. Pero esas erres sí que me hacen sufrir. Rrrreata. Rrrreata. Rrrrápido rrrruedan las rrrruedas del ferrrrocarrrril». Había talleres de carpintería, un herrero, una tortillería, una pulquería por la que le daba miedo pasar, y ¡hasta soldados y caballos! «¡En qué han convertido el convento, Señor!», se quejaba la más antipática de las vecinas del edificio del número 24 en que vivían las chicas.

Norberto Cruz, el novio que consiguiera el padre Aguiar, había ido a esperarlas al puerto. Era 6 de mayo de 1909 el día en que llegaron a las costas de México. Él tenía veintisiete años y no estaba de tan mal ver como habían temido. Un poco acalorado tal vez con ese traje oscuro y sombrero de fieltro bajo el sol del puerto. Todo el tiempo pedía disculpas por tener que sacar el pañuelo del bolsillo para secarse el sudor. Más allá de ese gesto que les daba un poco de asco, las dos pensaron que quizás no se habían equivocado al aceptar la propuesta del sacerdote. Las pesadillas de Claire al imaginar a su futuro marido habían sido tan espantosas que hasta le dio algo de ternura ese muchacho moreno y un poco cabezón que parecía estar tan incómodo en su propia piel. Le estrecharon la mano de manera muy formal, con una casi imperceptible reverencia, tal como les habían enseñado sus padres.

Lo mejor fue el viaje en tren. Anette miraba fascinada el paisaje, descubría los distintos tonos de verde que brillaban bajo un sol tan deslumbrante como no recordaba haber visto jamás. ¡Cómo podía haber hojas tan grandes! ¡Y esas flores parecen hilos anaranjados que van bordando sobre las plantas! Miren, asómense a la ventana. Pero Claire iba sentada muy rígida y seria junto a Norberto. Adela y Martín cada tanto le hacían un guiño cómplice a la francesa y celebraban el entusiasmo de la pequeña. Ninguno de los cuatro quería pensar que ese viaje significaba también el comienzo de la separación. ¿Se volverían a ver alguna vez? «Aún no tengo la dirección en la que viviremos al casarnos. Pero yo le entregaré a la señorita Clara las cartas que ustedes le envíen a mi oficina». «Clara». Hasta el nombre de su hermana sonaba ahora más luminoso. «A mamá le gustaría». Se separaron al llegar a Buenavista con lágrimas, besos y la promesa de escribirse. ¡Sin falta!

7.

El viento. Es lo primero que aparece. El viento que me golpea de frente. Como sacudiéndome. Una bofetada de aire. ¿Para que reaccione? Para que recuerde. Extraño verbo: «recordar». Re-cordis: «volver a pasar por el corazón». ¿Quién pasará ahora por mi corazón? Soy un páramo. No hay nadie dentro de mí. «No pasarán», decían las barricadas. «No pasarán». Junto a mi corazón: una barricada.

Una bofetada de aire. Se clavan las uñas del viento en estas arrugas que no reconozco ante el espejo. ¿Ésa soy yo? ¿Eso soy yo? Re-cordis. Ni siquiera mi propio rostro. Apenas una sombra allá, en el fondo de la mirada. Pequeña. Débil. De un gris tan parecido al de mis ojos que casi no la distingo. ¿Eso soy yo?

Me pierdo en el laberinto de palabras que no responden. A nadie parece importarle aquí. Hablan una lengua ajena. Una lengua que no quiero entender. Me saludan con benevolencia. ¿Con compasión? ¿Con miedo? «The Old lady», me llaman en secreto. En ese idioma que se desprende de mí como las capas de pintura de una vieja pared. Old lady. ¿Ésa soy yo? Re-cordis. «¡La lady!», gritan los niños cuando me acerco. «La lady». ¡Corran! ¡Es una bruja! «A witch», me traduce amablemente el conserje del hotel. Sonrío. Y masco chicle. Un chicle grande, de color rosa.

Para no masticar mi propia carne. Las capas de piel suave que hay dentro de la boca: un pedacito, y otro, y otro más. Las heridas son ácidas. Saben a óxido.

Los primeros pasos fueron arriba de una mesa acompañada por las palmas de los tíos. «¡Baila, Maggie, baila!». Todavía mi nombre era Margarita. No quiero que regrese. Nunca más «Margarita». Nunca más la hija del bailarín español. Nunca más el zapateo sobre la mesa. Margarita Carmen Cansino Hayworth.

El viento. Como una bofetada de aire. «No puedes salir a jugar, Maggie. Tienes que bailar. Para ti no hay escuela, Maggie. Tienes que bailar. Una vez, y otra, y otra más». Los pies sangran. ¿Lo sabían? Las uñas se quiebran. El roce de los zapatos se vuelve intolerable. «¡Baila, Maggie, baila!».

Como si tuviera la cabeza dentro de una pecera. Así me siento. Veo pasar a los chicos y sé que gritan, pero no los oigo. ¿A witch? La cabeza dentro de una pecera. Con el oxígeno apenas necesario para no dejar de respirar. «¡La lady respira!». No por mucho tiempo más. En algún momento olvidaré cómo hacerlo. Como he olvidado nombres, fechas, las voces de mis hijas. Mi propio rostro. ¿Eso soy yo? ¿Esa vieja de ojos hundidos y labios pálidos soy yo? ¿Margarita, la hija del bailarín español y la irlandesa que se perdió?

«¡Baila, Maggie, baila!». «Sólo tengo trece años, papá. A los trece las niñas son niñas. No bailan en antros perdidos al otro lado de la frontera». No se lo dije. Ni a los trece, ni después. Zapateo, me contoneo, porque eso es lo que él quiere. Alcanzo a ver las manos viejas y manchadas de los hombres. Las uñas amarillas de cigarro. Las voces estridentes. Él me mira satisfecho. Yo me humedezco los labios. Como si fuera una más de las mujeres que le coquetean en la calle. «Pero sólo tengo trece años, papá». «Mamá estará

contenta porque llevaremos dinero a casa. ¿No quieres que mamá esté contenta, acaso?».

Nunca más la hija del español. Nunca más Margarita.

Hubo luces alguna vez. Y las manos de los hombres. Nada menos que la diosa del amor. Margarita: ahora eres una diosa y esas manos manchadas y de uñas amarillas son tu bendición.

¿Quiénes son, Verny? ¿Están muertos? ¿Fotografías muertos, Verny?

8.

Norberto Cruz llevó a las hermanas a un cuarto en la esquina del callejón de Monserrate. Como todos los demás, daba a un pequeño patio en el que doña Mirta, la casera, tenía más de diez jaulas con pájaros que cantaban desde muy temprano. Tenían una cama que compartían, una mesita con dos sillas y un ropero. «Más que suficiente», se dijeron las dos, algo intimidadas en ese nuevo mundo que hablaba un idioma que les costaba entender, con olores que alertaban los sentidos, con gestos que no lograban descifrar del todo. «Bienvenidas», les dijo doña Mirta mientras se secaba las manos en el mandil de cuadros verdes y blancos. Anette podía recordar muchos años después, con una minuciosidad casi obsesiva, cada uno de los detalles de ese primer encuentro: los pies descalzos de los dos niños que entraron corriendo de la calle, el brillo en la frente de Norberto, el escándalo que hacían los pájaros, un gato atigrado que se restregaba contra las piernas de la casera, el rojo de los geranios. Todo. Se había repetido cada escena de esos primeros meses en la Ciudad de México durante años, intentando descubrir el punto de quiebre que le había pasado inadvertido.

«Bienvenidas. Vengan que les enseño su cuarto». Como podía, Norberto les iba haciendo una traducción más bien precaria del parloteo de doña Mirta. «Qué lindas sus nuevas amigas, joven. Lo felicito». Anette sabía que la idea de compartir el baño con las otras seis habitaciones que había en el piso de arriba incomodaba a su hermana, aunque no lo dijera. «¿Le parece bien, señorita Clara?». «Señorita Clara, señorita Clara… ¡cuánta formalidad! Vamos hombre, ni parece que fuera su prometida», comentó la casera. Pero sí, así fueron los primeros tiempos entre ambos: formales, serios, más bien incómodos. Para ella había sido más fácil. Para empezar le costó mucho menos que a Claire aprender el idioma. A las pocas semanas de haber llegado ya jugaba y se peleaba con los niños del callejón casi como cualquiera de las otras niñas. «Rrrrápido rrrruedan las rrrruedas del ferrrrocarrrrril». Aunque a pesar de sus esfuerzos nunca perdió esa pequeña marca en la pronunciación que delataba su origen. «Odio estas erres, Claire. Las odio. Es lo único que de verdad no me gusta de este país». No. No sería lo único. Pero eso lo descubriría más adelante. Por ahora se dejaba sorprender por todo lo nuevo que la esperaba en la ciudad.

9.

¿Cómo se puede perder, en el pozo sin fondo de la memoria, una imagen que tanto ha significado? ¿Puede acaso haber quedado flotando a la deriva entre recuerdos sin importancia, entre historias que no han dejado marca en la piel? ¿Puede haberse perdido en la bruma para evitar el miedo constante? ¿Por protección? ¿Por instinto de supervivencia?

¿Y por qué aparece entonces de pronto? ¿Qué provoca el retorno de viejos monstruos? Monstruos que golpean, que hacen que el corazón se acelere, que el sudor escurra como trozo de hielo por la espalda, que los treinta años transcurridos sean de pronto nada. El mismo pánico, el mismo dolor, el mismo odio. Un hombre mayor acaricia el brazo de una chica joven, muy joven. «¿Usted no tiene hijos, verdad?», pregunta él. Y acaricia el brazo de ella. Anette le cierra un ojo a Verny, como diciendo: «No te preocupes». Como diciendo: «Todo va a estar bien». Como diciendo: «Yo viví lo que estás viviendo. Yo fui tú. O alguien parecido a ti. Yo vi llorar a mi hermana. Yo vi las manos sobre su piel». Pero esto será muchos años después.

¿Cuándo? ¿Dónde? Viven en la calle de Monserrate. Muy cerquita del convento de San Jerónimo. Sólo Claire y ella. Norberto paga la renta y las visita todas las tardes. No se queda a pasar la noche. Todavía no. Dice que respeta a Claire. Que quiere que el de ellos sea un matrimonio verdadero. Que esperará a que dios bendiga su amor.

—¿Amor? —pregunta la pequeña—. ¿En serio ya te enamoraste del mexicano?

—Es bueno con nosotras. En nuestras circunstancias creo que es suficiente. No nos falta nada; nos trata bien. Este cuarto es pequeño, pero en unos meses más tendremos nuestra propia casa.

—¿Y yo?

—¿Cómo «y yo»? ¿Tú qué? Vivirás con nosotros, por supuesto.

¿De verdad el padre Aguiar había planeado todo con tanto detalle? A Anette le daba escalofríos recordar su voz untuosa, el olor a rancio de la sotana, y las manos… claro, las manos.

«Las guardianas de la memoria», decía Claire. ¿Para qué? Su memoria es una cloaca. «¿Usted no tiene hijos, verdad?», le preguntará Cansino algún día mientras acaricia el brazo de su hija adolescente. Maggie y su madre miran hacia abajo. Verny mira a Anette. «No te preocupes. Yo fui tú. O alguien parecido a ti».

Nunca hubo boda. Tampoco casa nueva ni marido que se instalara en ella. Claire no se puso el vestido blanco que bordaba cada tarde, ni las vecinas tiraron arroz gritando: «¡Vivan los novios!».

Norberto comenzó a llegar por las noches, con sus modales siempre educados y el sudor sobre la frente. Más adelante se cambiarían a vivir juntos. Por ahora, él no estaba en condiciones de comprar una casa, o tenía que atender demasiados asuntos fuera de la ciudad, o debía ocuparse de su madre enferma… Anette no entendía cuál era la razón real de este comportamiento. Pero, eso sí, el novio oficial abría la puerta cualquier noche y se metía a la cama con Claire. La pequeña se hacía la dormida, pero no podía dejar de escuchar los murmullos, los gemidos, los jadeos. Cerraba fuerte los ojos e intentaba recordar la voz de su madre: «*Alouette, gentille alouette, alouette je te plumerai…*». Minuto tras minuto. ¿Cuándo terminarán? ¡Basta! ¡Basta! «*…je te plumerai la tête, je te plumerai la tête*».

«No te preocupes. Todo va a estar bien. Yo fui tú». La memoria es una cloaca. Cansino acariciará el brazo de su hija. Poco faltará para que la foto de la niña, vuelta mujer por obra del baile y el maquillaje, aparezca hasta en las cajetillas de cigarros. Cortesía del Casino de Agua Caliente.

A veces pasaba una semana completa sin que Norberto apareciera, pero siempre regresaba. Finalmente era «el señor de la casa». Cada tanto llegaba en la tarde con algún regalo para Claire. Le daba unos dulces a Anette y la mandaba al patio. La pequeña sentía, entonces, que las miradas de los vecinos se clavaban en ella. Todos sabían lo que sucedía en el cuarto. Todos podían imaginar los jadeos sudorosos de Norberto. «*Alouette, gentille alouette…*». Se iba al anochecer, con el pelo húmedo y oliendo a jabón. «Pórtate bien, cuñadita».

Le daba vergüenza mirar a su hermana a los ojos. Nunca hablaron de esas visitas. Si así eran las reglas de esa relación, no había más que aceptarlas. Eso le había explicado Claire. «Yo fui tú. O alguien parecido a ti».

Una tarde llegó con alguien más. Otro hombre. Canoso, alto. A Anette le pareció un viejo. El trato educado de Norberto con él rayaba en lo obsecuente. Tomó a la niña de la mano al tiempo que le proponía ir a comprar una nieve al parque. «Vamos a dejar a tu hermana un rato con mi amigo».

Cuando regresaron, el hombre ya se había ido y Claire lloraba mirando al frente, con la vista perdida en quién sabe qué laberintos interiores. Eso fue lo que más impresionó a Anette. No hundía la cabeza en la almohada, no se acurrucaba, no disimulaba ni una sola de sus lágrimas. Lloraba un llanto abierto, doliente, desde la impotencia, la tristeza; no desde la vergüenza. Las hermanas se abrazaron y Norberto cerró la puerta con sigilo.

Esas escenas de mujeres lo enfermaban. ¿Qué esperaban estas francesitas? Le escribiría hoy mismo a Aguiar; la inversión empezaba a rendir frutos.

10.

—No quiero insistir con lo mismo, Irene. Cada uno hace el duelo a su manera. Pero ¿no quieres que empecemos a desocupar la casa de Noëlle? Lleva más de tres meses cerrada.

«No puedo, Juan». Eso es lo que quisiera decirle. No puedo entrar a esa casa como si no me doliera la piel cuando respiro. Como si no sintiera un hueco en cada momento del día.

Estamos en la cocina, tomando café, leyendo los diarios acumulados durante la semana, intentando que sea una mañana de sábado igual a tantas otras. Santiago ya se fue y María está de guardia. Regresará a media mañana, después de más de treinta y seis horas sin dormir. Agotada pero feliz. O quizás angustiada porque alguno de los bebés está enfermo, o porque alguna de las mujeres llegó muy débil al hospital. «Ni se imaginan las cosas que vemos». Alcanzó a compartir esa pasión con Regina cuando apenas estaba decidiendo qué estudiar. Los extraño, Juan. Extraño sus risas de cuando eran pequeños, la manera en que fueron descubriendo el mundo, las discusiones de adolescentes, los gestos de independencia. Hasta las desveladas de los fines de semana extraño, Juan. Con el corazón en la boca esperábamos que se abriera la puerta del departamento para poder, entonces sí, descansar unas horas.

—No, no exageres. Las desveladas eran atroces —dice Juan divertido—. Y aquí están, aunque Santiago esté lejos y a María la veamos sólo de a ratitos, aquí están, Irene. Están creciendo bien, están encontrando su camino.

Sirvo más café, hojeo los periódicos. Pero no es una mañana de sábado igual a cualquier otra. Ya no pasará mamá diciendo: «Irenita, Juan, voy al mercado. ¿Qué necesitan? ¿Les traigo pan dulce para los niños?». No es un sábado como cualquier otro. No lo será nunca más.

«¿Vamos armando la fiesta de cumple, mamá?», le pregunté hace pocos meses. «Otra con todo, como la de hace tres años. ¿Qué dices?». Pero le había salido una bolita cerca de la clavícula. «Nada grave», dijeron los doctores. «Parece un quiste. Vamos a pedir el quirófano para hacer la biopsia». Ella estaba asustada. Como si supiera. «Tú tranquila, Noëlle», le decía Horacio Mendoza, su médico de cabecera; el de toda la vida, el que había sido compañero de papá desde la secundaria. «¿Tú vas a estar ahí adentro, verdad?». «Por supuesto que voy a estar. ¿Qué me dijo Carlos? Ahí te encargo a la Güera, Horacio. Y yo soy hombre de palabra. ¿A poco no? ¿O tú crees que le voy a fallar a mi amigo?». Ya no hubo otro cumpleaños. El quiste era metástasis. No había nada qué hacer. «Sólo podemos mitigar el dolor, Irene». «¿Cómo no nos dimos cuenta antes? ¿Estás seguro, Horacio? Ella se ha sentido bien, como siempre». «Este tipo de cáncer es así, querida. Va invadiendo el cuerpo sin dar ninguna señal». Y la vida cambia en solo un instante. Entras al consultorio con miedo, asustada, pero con la íntima convicción de que a ti y a tu gente querida nada puede pasarles. El miedo y ese egocentrismo que nos hace sentir indestructibles parecen incompatibles, pero no es así. Vives con pánico de que algo pueda pasarles en cualquier momento, y sin embargo eres capaz de construir historias que contradicen ese temor todo el tiempo: «No creo que sea nada. Mamá se ha sentido bien»; «¿Qué le va a pasar? Las estadísticas dicen que es más probable tener un accidente de coche que de avión»; «Ya es grande, sabe cuidarse»; y tantas más. ¿Cómo sobreviviríamos si no a la angustia, a la pura angustia de existir, a la evidente fragilidad de lo que somos? «Con que la vida me regalara un par de años más, Irenita, sería feliz». «No digas eso, mamá, estarás bien todavía muchos años. Vamos armando la fiesta de cumple». Pero se iba apagando. Durante los tres meses que duró el proceso no me despegué de ella. ¡Tres meses! Y ella sólo había pedido «un par de años más». Al principio veíamos televisión, alguna vieja película, o los documentales que tanto le gustaban, charlábamos de a ratos. «Somos las guardianas de la memoria, Irenita». Eso me decía mamá Regina que repetía Claire antes de morir. «Las guardianas de la memoria». La foto de la abuela Claire con sus eternos quince años y los «hermanos de barco» estuvo siempre sobre el buró de Noëlle. La extrañó toda la vida aunque nunca la conociera en realidad. Lo que conocía era esa imagen más bien borrosa de una muchacha que mira a la cámara con timidez y un sombrerito con el que buscaba verse mayor. ¿Y su padre? ¿Por qué nunca supimos nada de su padre?

Regina le salvó la vida, le dio un hogar. «Lo que de verdad importa es el amor. No la sangre». Siempre lo decía pero, a pesar de eso y de que adoraba a esa madre que el destino le regaló, creció añorando la vida que no tuvo, con mamá y papá, con hermanitos, con desayunos ruidosos y bicicletas.

Todos los domingos, después de misa, iban al panteón. La pequeña Noëlle ayudaba a Regina a limpiar la lápida de Claire, a acomodar las flores frescas que llevaban, y luego caminaba buscando otros niños que también tuvieran allí su paseo dominical. Estaban una hora y media o dos. Después, iban a desayunar frente al Parque México. «Eran los tamales con chocolate más ricos que he probado nunca, Irenita. Pero yo miraba con envidia esas mesas grandes en que la gente gritaba, se reía, los bebés lloraban, alguien tiraba un vaso al suelo sin querer». Estoy segura de que por eso mamá decidió ser educadora. Le encantaban los niños, las risas, las rondas, el ruido constante que hay en las salitas de los jardines de niños. Qué feliz fue con los nietos. Les contaba cuentos, los llevaba a la plaza, les inventaba juegos, se sentaba en la mesita pequeña a pintar junto con ellos mundos mejores que éste. Como lo hacía conmigo cuando yo era chica. Como lo hizo durante más de treinta años en la escuela. A veces llegaban a visitarla parejas con hijos ya grandes y le decían: «Maestra, ¿se acuerda de nosotros?». Ella se acordaba. Siempre se acordaba. «¿Cómo no voy a acordarme si eran unos pingos? Especialmente tú, Raulito». Raulito o Jorgito o Miguelito o Anita o Rosy, entonces sonreían y amaban a esa maestra con la que habían aprendido las canciones con las que después habían criado a sus propios hijos. Yo veía el brillo de felicidad en los ojos de mamá y les agradecía en silencio que la recordaran. Mi agradecimiento era directamente proporcional a los celos que me daban de chica. ¿Por qué ella tenía que ocuparse de todos esos niños si me tenía a mí? Algunos casi vivían con nosotros. «Sus padres salen tarde de trabajar, por eso lo traigo a comer». Y seguían viniendo cuando entraban a la primaria; hacían las tareas, jugaban. Mamá se traía el ruido y las risas de la escuela a casa. Recuerdo las charolas que preparaba cada tarde, con cinco o seis vasos de leche y galletas. ¡Qué mal me ponía yo cuando esos chicos tenían mi edad! Me parecía que competían conmigo... ¡y que ganaban! Ya sé que es una tontería. Hasta me da vergüenza escribirlo. «Las guardianas de la memoria». Una memoria hecha de huecos y ausencias es lo que tengo. Un mandato y enormes vacíos.

«Lo que de verdad cuenta es el amor. No la sangre». ¿Dónde empezó este camino que llegó hasta mí, hasta mis hijos? ¿Quiénes somos, mamá? Y la vida cambia en solo un instante.

«¿No quieres que empecemos a desocupar la casa de Noëlle?». «No puedo, Juan. Te juro que aún no puedo».

11.

A veces eran dos o tres hombres los que venían en una tarde. Claire dejó de llorar. Su expresión se hizo dura, rígida. La única sonrisa que mostraba era la que le dibujaba el lápiz labial. «Tú tienes que salvarte, Anie. Vete». Entre ellos había un médico. Anette recuerda la bata blanca y el olor a espadol. Él pagaba con «felicidad». Después de las inyecciones, Claire entraba en una especie de sopor lánguido. «Déjalo, Anie. Es mejor así. Ese líquido hace que pueda olvidarme de casi todo por una rato». El médico ponía a hervir agujas y jeringas.

No fue difícil el trato, ¿para qué le servía una niña de nueve años? Norberto aceptó la propuesta. Un día cualquiera —¿cómo puede ser que no recuerde la fecha? ¿Era febrero o marzo?— Anette lo encontró en la puerta de la vecindad. «Arma tu petaca, cuñadita, que vas a salir de viaje». De poco sirvió que se abrazara a su hermana con todas sus fuerzas, que gritara, que intentara arañar al responsable de esta separación. «Es por tu bien, Anie. Las monjas van a cuidarte mejor que yo. Te buscaré en poco tiempo. Te lo prometo». Claire se desprendió del abrazo de su hermana. «Te buscaré en poco tiempo. Te lo prometo». Ésa fue la última frase que Anette le escuchó decir. La memoria es una cloaca.

12.

Si la memoria pasa por el corazón ¿qué sucede si me he vuelto un páramo? Vacíos el cuerpo y la cabeza. Vacíos los sentimientos. Ni los pájaros se escuchan ya aquí dentro. Mamá cuidaba pájaros. Tenía una enorme jaula con pájaros. Los tapaba cada noche, les hablaba, les ponía los viejos nombres irlandeses de los cuentos que le había contado su abuela: Diarmuid, Aoife; «"Tadhg" quiere decir "poeta"», nos contaba cuando mis hermanos y yo poníamos cara de burla. «Poeta. ¿No es bello?», y, por supuesto, Oisín, el enamorado protagonista de la leyenda de Tir na nÓg, el país de la eterna juventud, perdido para siempre por la nostalgia. «No podemos volver al pasado —nos decía—. O corremos el riesgo de que nos suceda como a Oisín». Ella lo pronunciaba en irlandés antiguo, como le había enseñado su abuela. «Cuéntanos otra vez la historia, mamá», pedía el pequeño Verny. «Oisín era hijo de Fingal y de Sadbh». También tú, mamá, nos dejabas durante meses y meses. Verny lloraba. Sonny estaba todo el día en la calle. Papá no siempre se acordaba de que teníamos que comer, vestirnos, ir a la escuela. ¿También te volvías venado, mamá? ¿También eras engañada por un druida que te llevaba lejos de nosotros? Meses y meses de ausencia. Regresabas una mañana cualquiera, silenciosa, dulce y pálida. Extenuada.

Como si hubieras atravesado ¿el infierno? Mi infierno particular no tenía fuego sino hielo. Era un infierno helado y vacío. Una puerta que se abría en la noche. «Todos los padres lo hacen, Maggie». Tenías —como Oisín— trescientos años más que al irte. Nos abrazabas a los tres juntos, callada. Nos pellizcabas la nariz, y te ponías el delantal de cocina para seguir con la vida como si nunca te hubieras ido. «¿Quién quiere ayudarme a preparar apple pie?».

«Cuéntanos otra vez la historia, mamá». Hubiéramos preferido estar todos contigo en Tir na nÓg. ¿Encontraríamos algún día ese mundo donde podrías ser joven y bella para siempre? Jugábamos a ser Niamh y te llevábamos de la mano por toda la casa. Tú reías, nos hacías cosquillas y luego seguías pelando las manzanas. Eras la reina de nuestra tierra feliz. Valía la pena la espera. Valían la pena los largos días grises, el silencio, las extenuantes clases de baile, los pies lastimados, si teníamos unas semanas de luz y tibieza junto a ti.

«¡La lady está llorando! ¡La lady está llorando!». ¿Qué sabrán estos chiquillos nacidos en el fin del mundo? Es el viento en los ojos. No es llanto. Hace muchos años que dejé de llorar. «Dame un chicle, niño». «¡La lady está llorando!». Tengo la cabeza en una pecera. Los gritos apenas logran traspasar el vidrio. Agarro el brazo de uno. «¡Cuidado, Ramón!», le gritan los otros. «¡Corre!». Las uñas dejan pequeñas marcas rojas en la piel suave. La diosa de fuego: uñas rojas sosteniendo la boquilla. Largas. Cuidadas. Cada mañana entraba alguien a retocarlas: limas, alicates, cepillos. El agua tibia. Un pincel. «¡Suéltalo! ¡Le sacas sangre!». Hace muchos años que dejé de llorar. Qué sabrán estos chiquillos. «¡Baila, Maggie, baila! ¿No quieres que mamá esté contenta? ¿No quieres que les cuente historias y les haga pastel de manzana?». ¿Cómo podré llegar a Tir na nÓg si *estoy dentro de una esfera de vidrio? No regresar jamás. Ni en trescientos años. No habrá nostalgia que me haga volver. No seré Oisín. Jamás bajaré de mi caballo. Galopar, galopar. Que los siglos me separen de mi propio cuerpo. Sucio. Viejo. «¡Dame un chicle, niño!». «¡Suéltalo!». Pequeñas marcas sobre la piel suave. Como la piel de Verny. «¿Puedo pasarme a tu cama, Maggie? Otra vez una ola mojó la mía». Claro, pequeño. Puedes venir aquí conmigo. Lejos de la furia nocturna del mar que siempre moja tus sábanas. Yo le dejaba ropa seca para que se cambiara. «Si llega, escóndete, Verny, desaparece». Papá no tenía que saberlo. «¡Suéltalo! ¡Le sacas sangre!». Llevo tus fotos entre el pecho y el abrigo. Blanco y negro. Cuerpos que no reconozco. Que nadie te toque, Verny.*

Volver a pasar por el corazón. ¿Late aún? Re-cordis. ¿Hay algo ahí dentro? Soy un páramo. El viento me golpea. Es lo único que siento a través de esta pecera. No estoy en el mundo de la eterna juventud. No lo estaré jamás. ¿Cuándo tocaron tierra mis pies? Zapatos rojos sobre la arena fría del fin del mundo. Fui la diosa de fuego. Bailo, bailo con mis zapatos rojos, lejos de las manos manchadas de los hombres. Lejos. Fui Niamh.

«¿Por qué bajó del caballo, mamá? ¿Por qué Oisín pisó la tierra de Irlanda?». «Porque estaba enfermo de nostalgia, Maggie». Dulce, pálida. ¿Qué tierra pisabas tú, mamá? Una veladura te nublaba los ojos. Perdías la sonrisa. Papá te cargaba casi como si fueras un fardo y te llevaba lejos. Ya no más risas, no más pellizcos en la nariz. Sonny se iba a la calle quizás a buscarte, pero era a otros a quienes encontraba. Golpes, abrazos. Todo era más o menos similar. Extraña y violenta camaradería. Verny se escondía en el último rincón de la casa. «¿Puedo pasarme a tu cama, Maggie? Otra vez una ola mojó la mía». «¡Baila, Maggie, baila!».

Regresabas una mañana cualquiera, silenciosa. Agotada después de tu paso por nunca supe qué infierno. Lo imaginaba frío. Helado. Nos abrazabas. «*¿Quién quiere* apple pie?». *Nos llenábamos de harina juntos mientras contabas historias. Volvían contigo los viejos nombres de los cuentos de tu abuela: Diarmuid, Aoife, Tadhg. La poesía. Los druidas y las hadas.*

13.

Anette hubiera querido que esas imágenes no regresaran nunca más. Nunca más París. Nunca más el vestido negro y el dolor. Nunca más el barco. Y sobre todo nunca más la llegada a una ciudad que las traicionó. Una ciudad que consumió a su hermana, que se la tragó, que devoró cada uno de sus sueños y deseos. La ciudad que las separó.

La gente hacía comentarios absurdos sobre Tijuana; comentarios cargados de prejuicios. La gente está siempre cargada de prejuicios. Pero para ella ésta era su casa. Aquí había encontrado una paz que aquellas otras ciudades le habían negado. Aquí Adela y Reyes le habían dado un hogar. Aquí, después de mucho tiempo, finalmente parecía que el desasosiego había dejado de morderle las entrañas.

Anette hubiera querido que esas imágenes no regresaran nunca más. Pero volvían. En las noches de insomnio, en las largas caminatas por la orilla del río, las sombras volvían. Pensó que había aprendido a controlar esos coletazos de angustia. Ese hundirse en la oscuridad. Pensó que las heridas ya eran cicatrices. Pero bastó ese solo gesto, esa mano acariciando el brazo de la adolescente, esa mirada resignada de la madre y de la hija, bastó el tono burlón del hombre —«¿Usted no tiene hijos, verdad?»—, bastó ese instante, apenas ese instante —¿cuánto podían ocupar esos gestos en sus treinta y tantos años de vida?, ¿qué porción insignificante de su propio tiempo?—, para liberar los fantasmas más antiguos.

Entró a su cuarto sintiendo que las venas le estallarían. Como siempre, buscó la tranquilidad en esa Virgen de Lourdes que Claire había guardado en la pequeña maleta con la que la mandó a León. No era fe lo que la llevaba a esa imagen, ella distaba mucho de ser una Bernadette, pero esa estampa era lo único que le quedaba de su madre y de su hermana.

El llanto silencioso de Claire mirando al frente con sus enormes ojos grises la perseguía. ¿Hasta dónde habían llegado las manos de Aguiar? «Arregla tu petaca, cuñadita, que nos vamos de viaje». Ella obedeció. Ése era el verdadero quiebre en su vida. Ése. A diferencia de la muerte de sus padres o de la traición del cura, en los cuales el azar o la maldad tenían un papel determinante, ese momento de obediencia de su infancia dependió de ella. Ella podría haber cambiado la historia que las marcó. Pero no lo hizo. No servía decir que sólo era una niña, que no hubiera podido hacer demasiado, que el poder de Norberto era mayor de lo que había imaginado. De nada servía construir para sí misma justificaciones y pretextos; ése era el momento al que Anette volvía una y otra vez. El estilete de la culpa se le clavaba hondo bajo la piel.

Armó su pequeña maleta, abrazó a su hermana —«Te buscaré en poco tiempo. Te lo prometo»— y aceptó irse a donde Norberto Cruz la llevara. ¿Por qué? ¿Por qué no se había escapado? ¿Por qué había permitido que decidieran su vida? El viaje en tren, la llegada con las monjas, el colegio. Ella debería haber imaginado que la situación era cada vez peor. ¿Por qué había dejado que la historia fuera como fue? Esas preguntas eran las que volvían desde hacía casi treinta años.

¿Cómo no se había dado cuenta de lo que estaba sucediendo? Los hombres que pasaban por el cuarto de la calle de Monserrate. Las lágrimas. La jeringa hirviendo en la pequeña estufa. «Déjalo, Anie. Así puedo olvidarme de todo por un rato». No había sabido leer los signos que la realidad le había puesto delante.

El estilete de la culpa se le clavaba hondo bajo la piel.

14.

Creo que Juan tiene razón: ya es hora de ir a la casa de mamá. Esa casa que es también la mía. Allí crecí; cada uno de sus espacios tiene parte de mi historia. Las horas que pasé en mi cuarto leyendo, haciendo la tarea, o simplemente soñando mientras la mirada se me iba por la ventana... Conocía de memoria cada una de las fachadas de las casas de enfrente; sabía a qué hora la abuelita de Mabel, la niña de la esquina, cerraba las cortinas; cuándo salía doña Estela a barrer la banqueta de la tiendita; a qué hora pasaba el camión del gas. Ése era mi mundo. El mundo de las jacarandas de la calle Córdoba. A partir de febrero era una fiesta de color, y siempre me daba un poco de melancolía anticipada el momento en que empezaban a caer las flores. Después, fue en mi cuarto donde dormían María y Santiago cuando iban a quedarse con «las abuelas». Noëlle y Regina formaban una unidad para ellos cuando eran chiquitos. Casi un solo nombre. «ReginayNoëlle me regalaron estos plumones, ma», «ReginayNoëlle nos prepararon buñuelos», «¿Nos dejas ir al cine con ReginayNoëlle?». A esa unidad se sumaba muchas veces papá, claro. El «abu Carlos» era igual de cariñoso, pero ya sabes cómo era, Juan: siempre tenía algo que hacer fuera de la casa. Primero el periódico, y cuando se jubiló siguieron siendo el periódico y sus compañeros. Estaba más en Bucareli que en la Roma. Y sospecho que el binomio «ReginayNoëlle» lo agradecía. La muerte de Regina fue el primer golpe a ese espacio de felicidad. Murió casi al mismo tiempo que la infancia de los niños; Santiago tenía catorce años y María acababa de cumplir doce. La vida cambia en solo un instante.

Esa casa es parte de lo que soy, Juan, y parte de lo que son también nuestros hijos. No es sólo la casa de Noëlle. En esta memoria deshilada y frágil que debo guardar ésa es una de mis pocas certezas.

Me duele pensar que vamos a deshacernos de ella, dar por cerrada esa parte de nuestra vida; por eso prefiero no ir, no verla, hacer como si no existiera, o como si Noëlle estuviera aún viviendo ahí. Como si Regina y papá tampoco hubieran muerto. A veces tengo la sensación de que de pronto alguien va a aparecer y va a decir «Corte, corte. Hasta aquí llegamos por hoy. Repitamos las tomas». Volveríamos entonces no a nuestro presente sino a algún instante del pasado. ¿A cuál? ¿Al momento en que tú y yo nos conocimos, Juan? ¿A la infancia de los niños? Pero esto no es una película. Nadie va a aparecer para dejarnos hacer un recorrido más por nuestra propia vida. No hay marcha atrás.

Nada me parece más inasible que el tiempo, nada me provoca más desasosiego que esas imágenes cada vez más desteñidas cuyo recuerdo se perderá con cada uno de nosotros.

Ir a la casa, deshacernos de todo lo que hay en ella es como destejer nuestra memoria. Aunque sea frágil y a veces los huecos sean mayores que las certezas, parece estar amarrada a esas paredes. El día que quede vacía será como si decretáramos definitivamente la muerte de mamá y de una parte de nosotros mismos.

Pero no sólo es tristeza. No sólo es dolor. A una ridícula sensación de orfandad (¡a los cincuenta años!) se le suma sentir que —¿cómo te lo explico, Juan?— soy la siguiente, la siguiente en desaparecer, la que ha quedado en primera fila ante la muerte. ¿Será eso terminar de crecer? ¿Volverse realmente adulto? ¿Aprender a vivir con ese miedo instalado en los huesos? Como si al perder a mamá, empezara a perderme también a mí misma. Trato de que Juan me entienda. Me gusta cuando hablamos antes de quedarnos dormidos. Tengo la cabeza apoyada en su pecho, él me rodea con el brazo izquierdo («el del corazón»), huelo esa piel que amo desde hace casi treinta años. Ese olor, esa tibieza, son mi hogar. «¿Nunca tienes frío, Juan?». «No si tú estás cerca». «Me voy a morir, Juan». «Todos nos vamos a morir, Irene, pero no ahora». «No entiendes. Para que la vida siga su curso natural debo ser la siguiente». «Murió Noëlle, pero tú estás todavía aquí, Irene, y aquí estarás muchos años más. Nos moriremos juntos. ¿Quieres? Así abrazados». «No entiendes, Juan».

«¿Cuándo vamos a abrir la casa de la abuela?», pregunta María una tarde cualquiera. «Quisiera pedirme unos días libres en el hospital para acompañarte, mamá». Sé que ha hablado ya con su padre. Que una vez más son cómplices amorosos. También Santiago a la distancia. Los tres están preocupados porque no salgo de la tristeza y el miedo. Es como si me hubiera quedado sin asideros, como si no tuviera piso sobre el cual pararme. Pero hay algo más que me impide ir: esa casa era el refugio de mi madre. Era el lugar donde, a pesar de su cercanía y generosidad, había guardado un espacio sólo para ella. Incluso cuando aún vivía papá, era así. Ahí se refugiaba la niña que no conoció a sus padres, la que había deseado una familia grande y ruidosa, con días de campo y fiestas de cumpleaños. Ahí, Noëlle Ferry se daba permiso de hundirse en su propia melancolía, aunque ya no la acompañara el gato que, cuando era niña, lloraba junto con ella. «Se llamaba Michou. Me sentía más cerca de mamá llamándolo en su idioma. Y te juro, Irenita, que se le caían las lágrimas al mismo tiempo que a mí». Sabíamos que de pronto desaparecía dentro de sí misma y respetábamos esos tiempos en que parecía necesitar de soledad, de aislamiento. Volvía al mundo con su sonrisa más luminosa y con su optimismo a toda prueba.

Así es desde siempre, nos contaba entonces Regina. Si yo tuve o no otra abuela, si era la sangre o el amor, poco me importaba: Regina era mi adoración. Sí, tal vez mi relación con ella fue más fuerte que con mamá. Fue por ella que yo decidí dedicarme a juntar las historias de las mujeres. Por ella y por el mandato que nos había dejado Claire: ser las guardianas de la memoria. ¿Cuál es nuestra memoria, mamá? ¿De qué ausencias debo ser guardiana? ¿De qué vacíos?

Hace un buen rato que no voy a ver a mis bordadoras. Quizás es eso lo que estoy necesitando: un poco de esa sabiduría que las mantiene plantadas con firmeza en la vida. Ellas siempre han sido mi cable a tierra. Cuando el corazón se me pone «chípil» —ésas son palabras de doña Chelito— me hace bien escucharlas, mirarlas mientras cruzan los hilos de sus telares.

15.

«¡Doña Mirta, venga por favor! La francesa está muy mal». Los gritos de Norberto Cruz se escucharon en toda la vecindad. A las tres de la tarde, el calor partía la tierra en ese insoportable mes de agosto. «¡Que lleguen las lluvias de una vez! Nos vamos a cocinar aquí», se quejaban los vecinos. Treinta y un grados a la sombra, y Claire que no paraba de temblar. «Ayúdeme. La voy a llevar al hospital». Con prisa, la casera guardó unas pocas cosas en el veliz, mientras Cruz salía a la calle con la muchacha en brazos.

—Uy, ahora sí que se le va a acabar el negocio a este jovencito.

—Hasta preñada la hizo trabajar. Pobre chica.

—Quién sabe quién sea el padre de la criatura.

—Verdad que no tiene perdón este hombre.

Las mujeres se persignaron cuando los vieron salir. Una de ellas agregó:

—Si el cuarto queda libre, avíseme doña Mirta. Mi sobrina está con ganas de venirse a la ciudad.

El Hospital de Jesús estaba a pocas cuadras. Allí llegó el hombre, casi sin aire. En la sala de urgencias había varias personas esperando. Un niño, con una venda sanguinolenta en la cabeza, recostado en el regazo de su madre; un anciano tan encorvado que parecía casi tocar sus rodillas con la cabeza, y un señorito que preguntaba insistentemente si sabían algo de su amigo al que habían atropellado hacía un par de horas.

Un médico y unas enfermeras pasaron caminando rápidamente frente a Claire, a quien Cruz había sentado en una de las bancas de madera. Una mujer con traje gris (¿una monja?) se detuvo.

—¿Qué te pasa, hija? —preguntó. Claire no podía parar de temblar, estaba amarilla más que pálida, y tenía los ojos hundidos.

—Esta chica no está nada bien. Ya mismo la pasamos a revisión con el doctor.

En el momento en que ella se dio la vuelta buscando una silla de ruedas para llevar a la muchacha a alguno de los consultorios, Norberto Cruz salió por la misma puerta por la que había entrado cargando a Claire algunos minutos antes.

Cuando el médico la revisó, la francesa tenía ya dos centímetros de dilatación del cuello uterino y contracciones regulares. Sin embargo, estaba muy débil y eran mínimas las posibilidades de que el bebé o ella misma sobrevivieran.

—¿Cómo la ve, doctor?

—Muy débil, hermana. ¿Quién la trajo?

—Un hombre joven, quizás sea el marido.

—Ay, hermana, más que el marido debe ser el padrote. Disculpe la palabrita, pero esta muchacha está muy lastimada. ¿Qué sabemos de ella? ¿Está en el control de sanidad?

—Déjeme ver los documentos que hay en esta bolsa, doctor. Nació en Francia y tiene dieciséis años. Hace poco más de un año que llegó al país. Y aquí está el Registro de Mujeres Públicas.

—¡Pobrecita! ¿Padre? ¿Madre? ¿Hermanos?

—No viene ningún papel con esa información.

—Haré todo lo posible por salvarla, pero necesitamos contactar a la familia o a alguien que la conozca.

—Aquí hay una dirección: Calle de Monserrate 12. Es muy cerca del hospital; iré más tarde a ver qué averiguo.

—A este paso, entraremos al quirófano en un rato. Mejor dese una vuelta por allá más tarde, hermana. Para como veo las cosas, usted es ahora la persona más cercana que tiene esta chica.

—¡No juegue, doctor! Si acabo de conocerla.

Y sin embargo, así fue. Regina acompañó a Claire durante el parto, y fue testigo de la lucha encarnizada de la recién nacida por sobrevivir. Quizás por eso tomó como misión personal atender a ambas después del alumbramiento.

—Es una niña —le dijo cuando apenas abrió los ojos—. Y está sana y fuerte, querida. ¿A quién le avisamos?

—Que se llame Noëlle, madre. Noëlle Ferry. Dígale que somos las guardianas de la memoria, y que su madre la ama más que a nada en el mundo.

Esto fue lo último que dijo Claire. Al día siguiente su cuerpo era trasladado al Panteón de Dolores, a la fosa común.

16.

Aunque en el hospital la llamaban «hermana» o «madre», la verdad es que Regina Barahona no llegó a profesar. Prefirió el hospital al convento. Ya como estudiante del Colegio de las Esclavas del Sagrado Corazón, en Puebla y luego como novicia, seguía a las monjas que se ocupaban de los enfermos, e intentaba aprender siempre algo más. Y vaya si tenía buena mano: era suave, sonriente y a la vez precisa en cada uno de sus gestos. Por eso ni siquiera a ellas les llamó la atención que, después de muerta su madre que soñaba con verla «casada con dios», decidiera ir a la Ciudad de México a tomar los primeros cursos de enfermería que se daban en el país. La herencia que había recibido era muy modesta, apenas le alcanzaría para cubrir sus gastos, pero Regina sabía que ése era el mejor camino que podía tomar.

La tarde en que Claire llegó al Hospital de Jesús, la poblana ya se había vuelto una figura imprescindible para los médicos y enfermos del lugar.

—Pobre muchacha. Ahora hay que ocuparse de la recién nacida, hermana.

—¿Qué pasará con ella?

—Si no aparece ningún familiar, crecerá en un orfanato. Como tantos otros.

Ni doña Mirta ni nadie de la vecindad de Monserrate le dijo a Regina nada más que lo que estaba en los documentos.

Nombre: Claire Ferry
Lugar de nacimiento: París, Francia
Señas particulares: ninguna

Nadie habló de los hombres que la visitaban, ni de la hermana pequeña, ni de Norberto Cruz. Un pacto de silencio parecía cubrirlos a todos.

A último momento, la casera, que se había quedado con las pocas cosas que encontró en el cuarto de las francesitas, alcanzó a Regina en la puerta.

—No se crea que somos malas personas, madre. De verdad no sabemos nada más. Pero tenga, para que se la dé a la niñita que dice que nació; así por lo menos le conocerá la cara a su madre.

Al reverso de la fotografía, Regina leyó: «Veracruz 1909».

Noëlle Ferry Barahona. Así quedó inscrita la niña gracias a los buenos oficios del doctor. ¿Quién iba a discutirle? Después de escribir el certificado de defunción, hizo el de nacimiento, y se lo entregó a Regina cerrándole un ojo al tiempo que le decía: «Esta niña tendrá mucha mamá, hermana. Es más de lo que unos cuantos pueden decir, ¿verdad?».

17.

30 de junio de 1987

Mamá siempre habló de su miedo a morir joven, del miedo a cumplir la condena de la abuela–niña. «No digas tonterías, Noëlle», le decían papá y Regina. «No te preocupes, querida, yo creo que algo de mis genes también has de tener después de tanto tiempo juntas. ¿No crees? Y mírame a mí, aquí sigo; vieja y con achaques, pero en pie». Lo que realmente importa es el amor, no la sangre. «¿Y si también la pequeña Irene se queda sola?». Pero cumplió veinte años, y treinta, y cuarenta. Había nacido un 29 de agosto, y una sombra siempre sobrevolaba sus celebraciones porque al día siguiente era el aniversario de la muerte de su madre. Ésa era la marca inicial de su vida. ¿Pensaría que ella era la culpable de esa muerte? Nunca lo hablamos. Qué poco sabemos de quienes tenemos al lado. A veces me parece que sé más de Juana, de Chelito, o de cualquiera de mis bordadoras, que de mamá o de Regina.

El día de su fiesta de setenta años estaba feliz. No lo podía creer: había logrado vencer la condena: no había muerto joven. Yo era ya una mujer casi cincuentona, y hasta los nietos eran adultos. Muchas personas queridas vinieron a festejar con ella. «Mire cuánta gente la quiere, Noëlle», le decía Juan.

Mamá adoraba a Juan. Decía que era el único hombre que soportaría mis locuras, mis ganas permanentes de comerme el mundo a puños. «¡Qué paciencia te tiene Juan, Irenita!». «Nos tenemos paciencia mutuamente, mami». «Pero él es un pan de dios, nena». Mamá bailó con todos y hasta cantó con los chicos de la jarana. Papá había muerto hacía ya cinco años; Regina, casi diez años atrás. Pensamos que nunca más volvería a sonreír. Pero la fuerza de la vida fue en ella tan feroz como en las mujeres que me cuentan sus historias en cada uno de los bordados. Hundidas en la pobreza, solas a cargo de sus hijos la mayor parte de las veces, maltratadas, no pierden los hilos que las atan a la existencia, nunca permiten que se les escapen de las manos.

El primer baile de la fiesta fue el de la abuela con el nieto. Santiago llegó muy caballeroso y formal a invitar a bailar a mamá; luego le tocó el turno a María. Creo que nada le alegraba tanto como estar con los nietos. «A ver, Santi, siéntate junto a mí y cuéntame otra vez la historia de París. Tus relatos me hacen viajar a la ciudad de mamá Claire». Él le hablaba de las calles, los edificios, los parques, con la seriedad de un futuro arquitecto, y ella lo miraba con devoción. «¿Cómo sabes tanto?». María se reía y le decía: «Yo te puedo hablar de hígados, páncreas o infecciones, Noëlle». «Tú mejor cuéntame de tus novios, ándale, ven aquí con nosotros».

Me gustaría ser capaz de bordar un huipil que no quisiera saber del pasado, que no le importaran los vacíos ni se doliera con las ausencias. Eso es lo que de verdad me gustaría, Juan.

18.

Una mañana, la hermana Rocío la sacó de clase de religión. «¡Qué bueno!», pensó Anette cuando la monja de cara redonda y mejillas siempre coloradas dijo su nombre al abrir la puerta. Qué bueno. Cuando hablaban de historia sagrada, Anette se divertía bastante; pocos cuentos conocía que fueran más sangrientos que aquellos: Abel y Caín, Abraham e Isaac. Allí no faltaban crímenes, traiciones, celos. Pero a veces las ponían a rezar durante más de media hora. «¿Te das cuenta qué absurdo, Claire? Dios no necesita que le repitamos quinientas veces lo mismo. Ni que fuera sordo. Él nos escucha a la primera. Pues eso que parece tan obvio, a las monjas se les hace una falta de respeto». «Madre, permítale por favor a Anette Ferry salir del aula». Todas sus compañeras voltearon a verla.

—Salga, señorita Ferry. Sin correr.

Pero más tardó la monja en decirlo que Anette en estar junto a la hermana Rocío.

—No me preguntes. Yo no sé nada y no puedo decirte nada.

Nunca se le habían hecho más largos los pasillos de ese edificio del siglo xviii.

—Llegó este telegrama para ti.

—¿Telegrama?

¿Realmente vivió ella esa escena? ¿Fue así como se enteró de la muerte de Claire? Mirando esas pocas letras intentaba recordar, muchos años después, la sensación de irrealidad que la invadió en ese momento. No podía ser cierto lo que ahí decía: «Lamentablemente 30 agosto falleció Claire». ¿Qué significaba esa frase? ¿Cómo «falleció Claire»? ¿Dónde? Quería correr a abrazar a su hermana. «Te buscaré en poco tiempo. Te lo prometo», le había dicho cuando se despidieron. Los hombres. Los jadeos. Las jeringas. «Déjalo, Anie. Así puedo olvidarme de casi todo por un rato». La memoria es una cloaca.

—¡Quiero ir a México! Necesito ver a mi hermana —gritó Anette al tiempo que corría hacia la puerta de la dirección. Pero la monja que la había sacado del salón la detuvo.

—¡Calma, señorita! Por muy triste que estés, no puedes salir. Tenemos que ver qué hacemos contigo, hablar con la persona que se haya quedado como responsable de ti.

¿Responsable? Ya no había nadie en el mundo a quien ella pudiera recurrir. ¿Norberto Cruz, acaso? Jamás quería volver a ver a ese hombre. El pozo de la soledad puede ser más oscuro que nunca a los nueve años. En ese instante la pequeña Anette lo supo. Pasó toda la tarde llorando con el rostro hundido en las sábanas amarillentas y rasposas del Colegio de las Hermanas Mínimas en León.

Al día siguiente pidió permiso para hablar nuevamente con la directora.

—Martín Reyes, madre.

—¿Cómo?

—Martín y Adela Reyes son las personas responsables. Viven en Tijuana. ¿Podría ayudarme a buscarlos, madre?

19.

«¡La lady está llorando!». No. No se equivoquen. La lady no sabe llorar, chicos. Es el viento que me da en los ojos. Por eso me pongo estas gafas y el sombrero y los zapatos rojos. Y me disfrazo así de vieja dama del cine. Me siento frente al mar gris, violento. Pero no importa: no lo veo. Tampoco veo a los niños que se acercan. No escucho las burlas. «Dame un chicle». Le agarro el brazo. La piel suave de la infancia. «¡Suéltalo! ¡Le sacas sangre!». El esmalte levantado. Esas uñas sucias y largas no pueden ser las mías. ¿Y la encargada del manicure? ¿Las limas y barnices? ¿El agua tibia? ¿Qué dicen? ¿Por qué gritan en ese idioma? Pequeñas marcas rojas. No quiero recordar la lengua de mi padre. Las palmas de los vecinos suenan mientras bailo sobre la mesa. Estamos aún en Manhattan, el hotel oscuro y húmedo cerca del Palace Theater. Antes del viaje a California. «Deja ya a la niña, Eduardo», grita mamá. «¿Qué sabes tú, Volga? ¿No ves que le gusta?». «Pero si apenas sabe caminar. Déjala ya». «En mi pueblo los ponemos a bailar así, desde pequeños. ¿Verdad, Maggie? ¿Qué sabrán estos irlandeses de bailes y castañuelas? ¿No ves que trae el ritmo en la sangre, como nosotros? ¿O prefieres que termine como tú?». Sólo quiero que me quieran. Que me quieran los dos. Que no peleen por mí. Por eso bailo y le sonrío a papá. Por eso miro a mamá tratando de decirle que también estoy con ella. Bailo y los vecinos siguen el ritmo con las palmas. «No, claro, prefiero que sea una estrella, como su padre», dice mamá con tono burlón. ¿Cuántos años tengo? ¿Dos? ¿Tres? «Lo será. Ella sí lo será». Y sigue cantando:

De los cuatro muleros,
que van al agua,
el de la mula torda,
me roba el alma.
De los cuatro muleros,
que van al río,
el de la mula torda,
es mi marío.

Canta en una lengua que hoy me lastima. Busco olvidar-la. Taparla para siempre. The Dancing Cansinos en un teatrito de mala muerte. Las lentejuelas, los volados, los brillos. Sólo quiero que me quieran. «¿Así, papá?». «De los cuatro muleros / que van al agua…». «¡Baila, Maggie, baila!». Los piecitos regordetes golpean sobre la mesa. Ya sé que él sonríe si hago una caída de pestañas. Co-queta. ¿Cuántos años tengo? «…el de la mula torda me roba el alma». «¡La lady está cantando!». ¡Fuera! ¡Fuera! ¿Por qué me rodean estos chiquillos? ¿Qué se les ha per-dido aquí? ¡Lárguense! ¡Déjenme en paz! La piel suave y las pequeñas gotas de sangre. «¡Suéltalo!». «De los cua-tro muleros / que van al río…». Borrar los rostros. Las voces. Las luces. Borrar las manos viejas que me esperan al otro lado de la frontera. Borrar la lengua que me que-ma. Tacharla. No hay nostalgia aquí dentro, Oisín. Deba-jo de esta piel encerrada en una pecera, no habrá nunca nostalgia. No bajaré del caballo. Te lo prometo, mamá. Y *vendrás tú conmigo a la tierra de Tir na nÓg. Serás ahí la reina. Ahora sólo el viento y el mar gris.*

Me disfrazo. Lo sé. Me visto de vieja diva del cine. Millones querían ver mis películas, tener mis fotos, tocarme, sentirme cerca. Alguien puso mi imagen en una bomba atómica. «Era una prueba —dijeron—. Si prefiere que la quitemos, la quitamos». Una masacre en technicolor. *Sueño con manos que me persiguen. Aunque intente huir, me alcanzan siempre. Y vuelvo a tener trece años y el mismo miedo. La misma angustia. El olor a* whisky. *Las bocas viejas. La respiración ansiosa. «¿No quieres que mamá esté contenta, Maggie?».*

Me pongo el sombrero y las gafas. Guardo tus fotos sobre mi pecho, Verny. ¿Quiénes son? Salgo con los zapatos rojos, aunque los tacones se entierren en la arena. Aunque estos chicos nunca hayan visto mis películas. Aunque en este pueblo hablen la lengua que lastima, aunque nunca pueda dejar de ser tu juguete, papá.

20.

—¡Hay que traerla a Tijuana, Martín! ¡Por favor!

Adela prácticamente brincaba alrededor de su marido. Hacía pocos minutos que les habían entregado un telegrama: «Urgente presentarse Colegio Hermanas Mínimas León. Muerte Claire Ferry. Aquí Anette».

—¡Por favor! Vayamos por ella y la traemos a vivir con nosotros. Anda, sé bueno. —Ponerse zalamera solía darle buenos resultados—. Mira, en lugar de estar aquí solita todo el día aburriéndome tanto, tendría con quien platicar o salir a pasear. Hasta podríamos ir juntas a San Diego a ver alguna película.

—La verdad es que no entiendo bien a qué se refiere el telegrama.

—¿No entiendes? Para mí está clarísimo.

—¿Cómo nos localizaron?

—Pero Martín, si esto es un pueblo. Todos saben cómo nos llamamos y dónde vivimos.

—Tampoco te hagas tantas ilusiones, corazón; la niña sólo tiene nueve años.

—Pero acuérdate lo espabilada que es. ¿Recuerdas cómo nos hacía reír en el barco con sus historias?

—No sé, Adela, no sé. Es mucha responsabilidad. ¿Por qué mejor no seguimos intentando tener nuestros propios hijos, en lugar de andar cuidando los ajenos? —Y con un brazo, aquel hombrón atrajo hacia sí a su joven esposa, a la que casi sacaba dos cabezas—. ¿No te gustaría acaso?

—Claro, tonto; ya sabes que nada me gustaría más. Pero la pequeña hasta podría ser una ayuda cuando naciera el bebé. ¡Vamos! Hay que traerla a Tijuana, Martín, por favor.

Él era capaz de todo por darle gusto a su Adela. Hasta de adoptar a la francesita que también a él, por cierto, le había caído muy en gracia. Ni cuando pasaba semanas enteras en las construcciones de Mexicali, ni cuando se hizo mayor y buscaba cada tanto alguna amante joven que le recordara que aún podía hacer gozar a una mujer como si tuviera veinte años, nunca dejó de considerar a Adela su verdadero hogar. Esa muchacha bajita que envejecía junto con él, que engordaba y se ponía canosa igual que él, que seguía susurrándole palabras en la lengua de su infancia, pero con ese toque de vulgaridad que a él lo volvía loco —«*Ámoche, cabalo salvaxe. Móntame xa, dáme felicidade*»—, y que a la mañana siguiente seguía avergonzándose de lo que había sido capaz de decir y de hacer la noche anterior, como cuando estaban recién casados, esa muchacha sería siempre su puerto de llegada.

—¡Por favor! Vayamos por ella. Estoy segura de que no nos vamos a arrepentir.

—Lo pensaremos, Adela. ¿Te parece? —Reyes sabía que la vida en aquella frontera, tan lejana del pueblo de Galicia en que ambos se habían criado, no era fácil para su mujer. Extrañaba a su familia, extrañaba su lengua, extrañaba el verde que cubría la tierra. Quizás tenía razón y la francesita le haría más llevadero el destierro. Y era cierto, además, que la niña era pura simpatía.

En la tarde, al regresar de la construcción, le gritó a su mujer desde la puerta:

—Prepárate, corazón, que mañana salimos para León.

21.

Cinco días encerrados en la casa de la calle Córdoba. Casi hemos terminado. Algunas cosas las llevaremos con nosotros. Otras, no habrá más remedio que regalarlas. ¿Dónde pondríamos el escritorio de papá, o el piano que cada tanto tocaba Regina? Quisiera quedarme con todo. Quisiera dejar la casa tal cual como la tenía mamá y entrar allí cada tanto. ¡Qué tontería! Lo que de verdad quisiera es pasar cada mañana a tomarme un café con ella antes de ir al museo, como lo hicimos durante tantos años. Charlar un ratito de cualquier cosa —de «bueyes perdidos», hubiera dicho ella—, comentar las noticias o el libro que estamos leyendo, o las últimas anécdotas de María y Santiago. Y cómo le gustaban las historias de mis mujeres. —«¿Qué pasó con el hijo de Ángela? ¿Regresó de Estados Unidos finalmente? ¿Cómo sigue doña Chelito?»—. Enseguida además quería ponerse en campaña para apoyarlas, para que sus niños consiguieran becas, para que les pagaran mejor por los bordados. —«¡Es una vergüenza que les regateen así! Pasan días y días haciendo esos manteles y se los quieren pagar a precio de hambre»—.

La casa quedó ya casi vacía. Ahora habrá que pintarla, arreglarle el baño chico que desde hace años tiene rotos algunos azulejos, y rentarla. Ni modo. «Ese dinero nos vendrá bien», dice Juan. «Es lo que Noëlle hubiera querido». Y tiene razón. «¿O te quieres mudar allá?». No. Está bien. Me gusta nuestro departamento que mira a la placita Río de Janeiro. Me gusta ver las copas de los árboles desde la ventana del estudio. Hasta me caen bien los gritos de los *scouts* los sábados en la mañana. ¿Qué haríamos además con una casa tan grande ahora que nuestros hijos empiezan a andar su propio camino?

Aprenderé a pasar por enfrente sin sentir que el corazón me da un vuelco. Sin esperar que mamá se asome a saludarme.

Lo más difícil fue la ropa. María eligió un par de mascadas que le gustaban; yo me quedé con las cosas que ella más usaba. Es una manera de seguir teniéndola cerca. La falda negra que papá le trajo de un viaje. La chamarra azul que se ponía para sacar a pasear al Lobo. El suéter de cuello de tortuga que yo le robaba cada tanto. «Quédatelo, Irenita». «No, ma, prefiero venir a pedírtelo. Es más rico si lo compartimos». Todo tiene su perfume todavía. «Cabochard». También me traje el frasco que estaba usando. Ahora también mi clóset tiene su olor. Hay tanto de ella en sus cosas. Hasta en el modo en que acomodaba su colección de cajitas sobre la mesa de la sala, o las fotos de todos nosotros sobre el piano. No soy demasiado fetichista, pero no tengo dudas de que ahí, en esos objetos, está ella. Sus libros. Las fotos. Los discos. Ahora está todo aquí, en mi estudio. Tengo frente a mí dos cajas con papeles y recuerdos. No los documentos; ésos los dejó ordenadísimos en un portafolios y me los dio apenas supimos de la enfermedad. Éstas son cosas más personales; mis

dibujos de cuando era chica, algunos cuadernos, los rega-
litos que le hicieron los niños, unas cartas de papá, unas
flores secas, libretas de teléfono, agendas chiquitas de las
que le gustaba usar escribiendo con lápiz negro. Toda una
vida en unas pocas cajas. ¿Quiénes somos, Juan? ¿De qué
sueños precarios estamos hechos? «Las guardianas de la
memoria».

22.

Un grito agudo quebró el silencio de la noche. Adela se despertó sobresaltada y sacudió a Reyes.

—Martín, Martín, ¿escuchaste eso?

¿Cómo podía seguir durmiendo? A ella todavía el eco le perforaba los tímpanos.

—¡Martín! Tenemos que ver qué pasó.

Un gruñido fue la respuesta.

—No se te olvide que ahora tenemos a la niña en casa.

Los dos sentían debilidad por la francesita, pero ella tenía que reconocer que le sorprendía la alegría y el compromiso con el que su marido había aceptado su nueva responsabilidad de «papá diente postizo», como le gustaba decir a Anette. «¿Me ayudas a hacer la tarea, Reyes?». «¿Me acompañas a andar en bicicleta, Reyes?». Y él cumplía feliz cada uno de sus deseos. Desde el principio lo llamó así: Reyes. Con esa erre cantarina que la acompañaría toda la vida. Y a ella, Adela.

—Martín, ¡la niña!

La sola mención a la pequeña lo hizo levantarse de la cama de un brinco. El ingeniero Martín Reyes, del Colegio Mayor de los Jesuitas de la Coruña, titulado con honores en Salamanca —«Gracias al padre Severino», se encargaba de acotar siempre— dejaba lo que estuviera haciendo con tal de proteger a su Anette.

Un nuevo grito les erizó la piel. Era un grito de terror, como si alguien hubiera visto su propio espectro. La pequeña lloraba en sueños y se sacudía como tratando de salir de una telaraña.

—¡Anie! ¡Anie! —decían los dos mientras la movían cada vez con menos suavidad.

—¿No será peligroso despertarla, Martín?

—No creo, eso es con los sonámbulos, pero nunca he escuchado que sea malo despertar a alguien de una pesadilla.

—Anie, corazón, ¿qué tienes? No llores, por favor, sólo es un mal sueño.

La niña se había sentado en la cama y con los ojos abiertos que miraban al vacío no cesaba de gritar.

—¡Un tren atropelló a Claire! ¡Un tren atropelló a Claire!

A veces era un tren, otras veces era una explosión. Moría Claire, o morían los padres, o los propios Adela y Martín eran las víctimas. Las noches de Anette se poblaban de fantasmas y de terrores. La niña alegre del día se iba ensombreciendo conforme pasaban las horas. Cuando llegaba el momento de dormir inventaba cualquier pretexto con tal de seguir despierta: «Tengo que terminar la tarea, Adela», «Ya me piqué con este libro, Reyes, en cuanto lo termine apago la luz», «Mejor me quedo platicando con ustedes». Cualquier cosa era mejor que cerrar los ojos y encontrarse con el mundo de espanto que poblaba sus noches.

Se queres que brile a lúa
Pecha os ollos meu amor

Que mentres os tes abertos
A lúa pensa que hai sol.

—¡Un tren atropelló a Claire! ¡Un tren atropelló a Claire!

Reyes vio cómo su mujer se acostaba junto a la pequeña y empezaba a cantarle mientras le acariciaba la cabeza para tranquilizarla.

Eu tamén choro,
eu tamén choro,
cando non me alumean,
meu ben eses teus ollos.

Así logró que volviera a dormirse. Tuvo entonces dos certezas que lo acompañarían siempre: que las mujeres tenían una sabiduría que él no sabía de dónde les nacía, y que él sería capaz de dar la vida por ese sol maravilloso que se llamaba Anette.

23.

Soy la diosa del amor. La mujer de fuego. Deseo puro. Gilda se contonea. Gilda provoca. Echa la melena hacia atrás y salen chispas de su mirada. Ellos se acuestan con Gilda, pero se despiertan conmigo. Pruebas de vestuario, pruebas de maquillaje, el dolor cuando me depilan el nacimiento del pelo. «¡Más pronunciado el pico!», gritó algún director. «Rojo. Lo quiero rojo. Ésa será su marca. ¡Baila, Maggie, baila! Ni una lágrima. Haremos de ti una estrella, niña. ¿No quieres que mamá esté contenta?».

Borrar su nombre, borrar sus manos y su voz. No seré la hija de mi padre. Nunca más Margarita. Nunca más la hija del bailarín español.

Pero ¿quién está en el espejo? ¿Quién me mira desde este rostro viejo, anguloso, feo? ¿De dónde sale ese rictus de desgano? ¿O es de asco? «¿Necesita algo la señora? ¿Está a gusto la señora?». Creen que miento. ¿Miento? ¿Quién está en el espejo? Las gafas y el sombrero para enfrentar el viento helado y el mar gris. Las gafas y el sombrero para disfrazar esta pecera que me envuelve. Disfraces y más disfraces. ¡Qué bonita sevillana! Y los piecitos regordetes golpean sobre la mesa. Caída de pestañas. Coqueta. ¿Cuántos años tengo? «¡Deja ya a la niña, Eduardo! ¿Quieres que termine como tú, bailando en la última línea? Ella es diferente.

¿Verdad, Maggie? Ella sí va a ser alguien». ¿Quién? ¿Con qué rostro? ¿Con qué nombre? ¿Con qué recuerdos?

Dijeron: «No hay mejor lugar que éste. Al sur de todos los sures». Una playa vacía. ¿Miento? Mi nombre, mis señas, mi cuerpo. No sé qué hay al otro lado del vidrio. «¡La lady es una bruja! A witch!». «¡Suéltalo, bruja!». Que nadie te toque, Verny.

«¿Tú quieres ir a California, Maggie?» «¿A Los Ángeles? ¿Te has vuelto loco, Eduardo? ¿Qué haremos allá? No conocemos a nadie». «¿Cómo que qué haremos? ¡Bailar en el cine! ¿Qué más? ¡Hacernos ricos! Éste es el país de las oportunidades. Tú siempre me lo repites, rubia. Pero las oportunidades hay que salir a buscarlas. No querrás que nuestros hijos vivan en este hotelucho maloliente el resto de su vida. Allá hay aire, sol y empresarios dispuestos a jugarse el dinero». Aire, sol. Se nos hacía agua la boca de imaginarlo, ¿verdad, Verny? No había nada peor que el frío que se nos metía en los huesos durante los meses y meses de lluvia y nieve. Faltaba el carbón. A los zapatos había que ponerles pedazos de cartón adentro para tapar los agujeros. Parecía que nunca más íbamos a sentir el calor del sol sobre la piel. Así debe ser el fin del mundo: con un cielo siempre gris y un aire helado que te va horadando el cuerpo día a día.

¿Cuándo apareció este vidrio que me separa del mundo? Es como estar entre algodones. Dicen que una hora de encierro en una habitación aislada de la totalidad de ruidos del mundo basta para enloquecer a cualquiera. Una hora de encierro. Mamá se iba durante semanas y regresaba pálida y ojerosa. Nos abrazaba. ¿Quién quiere apple pie? ¿De qué infierno regresaba?

A veces no reconozco mis manos. ¿Alguien se ha puesto a mirar sus manos con detenimiento? ¿Lo has hecho tú, Verny? «¡Suéltalo! ¡Lo lastimas!». «¡La lady le sacó sangre!».

¿Cuándo aparecieron estas manchas? ¿Cuándo empecé a ser más joven que mis manos? Las uñas largas, sucias. Las venas hinchadas. Manos lastimadas. ¿Me lastimo al dormir? ¿Me rasguño sin darme cuenta? A algunos bebés les ponen medias en las manos para que no puedan lastimarse. ¿Es mejor el encierro que unas gotas de sangre? Una hora de encierro en completo silencio basta para enloquecer a cualquiera. La piel suave de los niños. «¡Suéltalo!». «Put the Blame on Mame, boys». ¡La lady está cantando! Otra mentira. La lady no canta, boys. La lady se contonea, se insinúa. Es la diosa del amor. Y las cámaras se enamoran; los hombres se enamoran. Y mi fotografía está pegada en las celdas y en las habitaciones adolescentes. Y los soldados sueñan con el guante que cae. «Put the Blame on Mame…». A alguien se le ocurre poner mi nombre en una bomba. «En una bomba de prueba», me dicen. «No enloquezcas. No matará a nadie». ¿Bomba de prueba? La diosa del amor. El pelo rojo. La voz. Mentiras, mentiras y más mentiras. Un vidrio me separa del mundo. Allá, al sur de todos los sures el aire te liberará. ¿De las mentiras? ¿De los recuerdos? ¿De la pecera que me golpea la cabeza? ¿De las manos de los hombres? Los dedos amarillos de nicotina. «¡Sólo tengo trece años, papá!». «¿No quieres que mamá esté contenta? Hay que llevar dinero a casa. ¡Baila, Maggie, baila!». «¿Quién quiere apple pie?». Re-cordis. Soy un páramo que el viento golpea.

El guante fue después. Muchas manos después. «Si lloras se te hinchan los ojos, Maggie». A los nueve años soñaba, como él, con el mundo del cine. ¡Charlot y Cleopatra y Tarzán de los monos! El Loew's Canal Street Theatre era su templo. Eso cuando a papá le quedaba algo de dinero a fin de mes. Si no, íbamos a alguno de los pequeños nickelodeons que había en el barrio. ¿Te acuerdas, Verny? ¿Quién no quería formar parte de ese mundo? ¡Nos vamos a California! Me imaginaba viviendo en una gran casa, con un clóset lleno de zapatos de todos los colores, y una cama sólo para mí. Sí, Verny, sí, seguiré haciéndote un lugarcito cuando te despiertes con pesadillas en la noche. Pero ya no habrá pesadillas, Verny, porque papá estará tan feliz que se olvidará de ti. Se olvidará de empujarte, y de pegarte, y de hundirte la cara en el plato de comida. «¡Qué blandito nos salió este chico, Volga! Se parece a ti. Vamos a hacerlo hombrecito». No llores, Verny, que será peor. ¡No llores, por favor!

Todo es culpa de estos dos cuartos pequeños y oscuros, con olor a encierro. Las cosas cambiarán cuando tengamos una casa frente al mar, en Los Ángeles. Ya lo verás, Verny. papá estará tan feliz que se olvidará de ti.

Me imaginaba que correría por un jardín verde, verde, verde, con una falda brillante que volara con el viento. O me imaginaba fumando con una larga boquilla como Theda Bara, o bailando frente a un público que me miraba extasiado; como a veces me miraba papá mientras tocaba las castañuelas.

«Todos los padres lo hacen con sus hijas. Porque las aman». El dolor. La sangre. ¿Será cierto? Mamá lava. «Sólo el agua fría saca las manchas de sangre, Maggie». ¿Ésa soy yo? La diosa del amor. «La lady es una bruja», gritan. ¡Corran! ¿Hacia dónde? «Todos los padres lo hacen, Maggie».

24.

Las pesadillas de su niña eran una de las principales preocupaciones de Adela y Martín. ¿Qué podían hacer, además de darle amor y seguridad? ¿Cómo se saca el miedo del alma de alguien de nueve años? ¿Cómo si ha sufrido lo que ha sufrido, si ha visto lo que ha visto? Con sus propias palabras, cuando llegaron de León, les contó lo que era su vida y la de Claire en la Ciudad de México. Les habló del cambio en el comportamiento de Norberto Cruz —a quien ellos recordaban del viaje en tren como un muchacho educado y silencioso—, de los hombres que pasaban por el cuarto, del médico que inyectaba a su hermana, de su mirada perdida. «¡Voy a reventar a ese cretino! —tronó Reyes—. Mañana mismo viajo a México. Esto no va a quedar así». Pero quedó así porque el tal Norberto Cruz parecía haberse esfumado. El domicilio que venía en la tarjeta de presentación que les había dado al llegar a la ciudad era falso. Y probablemente hasta su nombre fuera falso. Martín Reyes fue unas cuantas veces al centro del país a tratar de hacer justicia por propia mano, pero fue inútil. En la vecindad de Monserrate nadie recordaba a las francesitas ni al padrote. «Mentirosos de siete suelas». De ahora en adelante, él protegería a la pequeña hasta con su propia vida, si fuera necesario.

—Que nadie se atreva a hacerla sufrir, Adela, porque lo mato. Sea quien sea.

—Y yo te ayudo, cariño. No te quepa duda.

A Reyes, esa pequeña que durante el día sonreía y parecía disfrutar de la vida —a pesar de las dolorosas ausencias que la poblaban—, pero que por las noches se hundía en un universo de terrores y violencias, lo llevaba a pensar en su propia infancia. Aquella infancia de alpargatas y caldo con más grelos que otra cosa, allá en Cebreros. «¿Qué son grelos?», les preguntaba Anette y los dos adoraban su pronunciación.

Él recordaba, entonces, la prepotencia del dueño del pazo, siempre a caballo, siempre con el fuete en la mano, siempre buscando a alguna de las niñas más formaditas para llevársela de criada. ¿De criada? Eso no se lo contaría nunca a la pequeña. Recordaba, como si estuviera allí, el olor del humo —su madre cocinaba en el mismo cuarto donde por la noche tendían una manta y dormían— y de la lluvia sobre la tierra.

En Cebreros no había más que dos caminos: o entrar a trabajar al pazo y someterse a los dictámenes de la familia Seixas e Andrade, o irse de seminarista y someterse entonces a los dictámenes de algún padrecito hambriento de cuerpos jóvenes. Aunque había, para unos pocos, un tercer camino: juntar los duros que hacían falta para subirse a un barco e irse a hacer la América, lejos para siempre de ese infierno de humillación y pobreza. Todos lo sabían. También el pequeño Martín que había sido bautizado así en honor a San Martín de Tours, patrono de la ciudad de Ourense. Su madre, la extrañada Felisa, había ido una vez con sus padrinos cuando era pequeña a la capital de la provincia, y había visitado esa iglesia que alguna vez escuchara el diálogo de Juana la Loca y Felipe el Hermoso con el cardenal Cisneros. Cuando llegaron los primeros fríos al pueblo, coincidiendo con el último periodo de su embarazo, Felisa, que en ese momento tenía sólo dieciséis años, comenzó a sentirse mal. Le faltaba energía, le temblaban las manos, y un fino velo le cubría la mirada. Toda ella se fue poniendo cada vez más pálida. No. Más que pálida, se fue poniendo amarilla. Si doña Delfina, la comadrona de Cebreros, no hubiera sabido lo que sabía de hierbas, no se hubieran salvado ni la madre ni la criatura. Aunque su madre le agradeciera el «milagro» al santo, él, Martín Reyes, sabía que no estaría recordando esta historia ahora aquí, en este otro mundo tan diferente al de su niñez, si no hubiera sido por la comadrona. Cómo supo doña Delfina qué tenía que darle a la muchacha para que se salvara es algo que nunca nadie pudo responderle. ¿Fue el azar? ¿Fue el destino? ¿O fueron verdaderamente los tés y los ungüentos los que los salvaron? Quién podía saberlo. Tanto había mejorado Felisa, que volvió a trabajar al campo como si no estuviera casi al término de su embarazo. Y ahí en el campo le empezaron las contracciones. Gritó y gritó pidiendo ayuda, pero no hubo nadie que escuchara. Lo mejor sería —pensó entonces— dejar que la naturaleza cumpliera con su papel. ¿De verdad ella sola había dado a luz a quien se convertiría en este hombrón que, sentado ahora en Tijuana mientras desayunaba con su mujer y su hija, añoraba el pueblo en el que había nacido? ¿Cómo?, se preguntaba siempre Reyes. ¿Cómo lo logró? Con los años, la imagen de su madre tan joven y sola recibiendo a su primer hijo en mitad del campo, lo conmovía más y más. Quizás ésa era la razón de que hubieran sido tan unidos; ese comienzo compartido había amarrado sus soledades para siempre.

Según el santoral le correspondían nombres como Acacio, Basileo, Eusicio o Fergusto. Su madre insistió en que su vida debía encomendársela a San Martín de Tours, y que ella no aceptaría bautizar al pequeño con otro nombre que no fuera ése. Él siempre le agradeció ese gesto que mezclaba la devoción y la necedad. «Desde ahora te llamaremos Fergusto, ¿verdad, Adela?», bromeaba Anette. ¿Podía haber algo mejor que una charla de domingo con «sus chicas»?

25.

20 de julio de 1987

—¿Qué haces? —me preguntó Juan al entrar al estudio y encontrarme sentada en el piso, frente a la ventana que da al balcón, y con las dos cajas de mamá delante de mí.

—Me da un poco de pudor abrirlas, Juan. ¿Crees que al morir perdemos nuestro derecho a la intimidad?

Son de cartón y están forradas con papel rayado azul marino y celeste. Se parecen a las que Noëlle usaba con sus niños en la escuela. Pero acá no hay pinceles ni pinturas Vinci, no hay listones de colores ni canicas. Acá están los retazos de una historia.

Sobre mi escritorio, tengo la foto de la abuela cuando era jovencita: «Veracruz, 1909». ¿Quiénes eran? ¿Dónde se habían conocido? Una pareja joven que posa muy formal, del brazo, él alto y corpulento, ella muy bajita; una sonrisa les ilumina el rostro a ambos. Junto a ellos hay una niña de no más de siete u ocho años, de enormes ojos oscuros. ¿Su hija quizás? La abuela es la que se ve más asustada, con ese traje oscuro y ese sombrerito de fieltro, tan fuera de lugar para el clima mexicano. Tenía sólo quince años. Siempre me ha enternecido que esté parada con los pies ligeramente hacia adentro, como los chicos. Como una niña tímida disfrazada de mujer.

¿Quiénes son, mamá? ¿Quién era Claire? Me duele imaginar que llegó sola al hospital. Tal vez con la ilusión de volverse madre. Ella, la guardiana de la memoria. ¿De qué memoria, mamá? ¿De dónde venía? ¿Cuál era su historia? ¿Por qué estaba sola? Nunca viviste un domingo rodeada de una familia grande y amorosa, mamá. Nunca hubo desayunos con carcajadas ni tardes de bicicleta y complicidades. ¿De dónde sacó esa niña triste y solitaria que fuiste, mamá, la fuerza para convertirte en la mujer decidida, risueña y cariñosa que hoy extrañamos? ¿De qué fuente mágica se alimentaban Regina y tú?

Los retazos de nuestra historia en dos cajas de cartón.

26.

Era cierto, no había más que dos caminos en Cebreros. Todos los niños lo sabían. Dos caminos o subirse a un barco que los llevara lejos. Pero apenas se atrevían a soñar con irse al otro lado del océano.

—Si ni siquiera conocíamos el mar. No todos los gallegos somos pescadores, como la gente piensa, niña.

Su padre tampoco había sido pescador: era uno de los caballerangos del Conde Seixas e Andrade. Cuánto amaba los caballos Simón Reyes. Eran más suyos que del Conde: comían de su mano, obedecían a su voz. A muchos él mismo los había ayudado a nacer.

—¿Has visto alguna vez el parto de una yegua, Anie? Yo he visto muchos. Es una experiencia única. El momento en que el potrillo, apenas salido del vientre de la madre, logra ponerse de pie es algo así como un canto a la vida. —La mirada de Reyes se perdió en el vacío—. En cambio hay gente que, a diferencia de esos animales, prefiere no ponerse de pie nunca. Se arrastra como serpiente toda la vida, se alimenta de carroña. Habría que sacrificarlos a todos.

—Martín, la niña —le dijo Adela en voz baja. A Anette la frase no se le olvidó nunca.

Simón Reyes era alto, correoso, con unos profundos ojos oscuros que revelaban su origen moro. Había llegado del sur. En Sevilla había crecido aprendiendo el arte de conocer a los caballos. Ellos eran su vida. Los caballos y Felisa. Esa muchacha que había encontrado por casualidad el primer día que llegó a Cebreros, cuando él tenía dieciocho años, y ella, quince. Se habían cruzado en una de las veredas del pazo. Felisa había salido por agua, como todas las mañanas, pero al escuchar un trote cercano corrió a esconderse entre la maleza. Ninguna chica del pueblo quería encontrarse con el Conde Seixas y su fuete. A punta de fuetazos se había llevado a más de una a la casa grande. «En mis tierras, todas las mujeres son mías mientras yo no diga lo contrario», alardeaba cuando tenía invitados. «Aunque si alguna les gusta... podemos negociar», agregaba siempre con una carcajada. Por eso había que correr apenas se dejaba oír el trote de alguno de sus caballos favoritos. Felisa lo sabía tan bien como las otras muchachas del lugar. Intentando esconderse entre el verde escuchó una voz que la llamaba; le sonó tan simpática que pensó que no podía tratarse del Conde. «¡Tú, niña! No corras, vas a derramar el agua que tienes en el cántaro, y con lo sediento que vengo sería un pecao». Ella no pudo contener la risa ante ese acento tan diferente al de su tierra. La risa se transformó en vergüenza cuando vio al dueño de aquella voz que la había llamado. Bajó la vista al suelo y pensó que las mejillas le explotarían de tan rojas que se le habían puesto. «Pero lo que tu madre tenía de verdad colorao, colorao no eran los cachetes sino las orejas, Martín», completaba su padre el relato que a ambos les gustaba tanto contarle a su hijo. Reyes sonreía al recordar esa corriente tan fuerte que había entre los dos, mezcla de complicidad, simpatía, amor, y algo más que sólo de mayor pudo entender: deseo. Volaban chispas cuando estaban juntos.

Apenas él consiguió trabajo con el Conde, le propuso a ella matrimonio. Vivirían en la casa de piedra. Esa casa tan parecida a todas las del pueblo, pero tan especial en la memoria de Reyes. Abajo: los animales, para dar calor. Arriba: Felisa, el Sevillano —siempre lo llamaron así, aun después de muerto—. Después él, claro, gracias a doña Delfina y a sus pociones mágicas. Después llegaría la pequeña Rosalía. Él tenía casi diez años cuando nació. ¿Qué habría sido de la niña? ¿Cómo la habría tratado la vida? Cada tanto, cuando miraba a Anette, Reyes volvía a pensar en ella.

¡Cuánto había deseado él tener hermanos! Por eso celebró con brincos y gritos de felicidad la noticia del nuevo embarazo de su madre. No el de la niña. No. Antes de ella había habido unos gemelitos. Martín se imaginaba enseñándoles a buscar lombrices bajo las piedras, a zambullirse en el arroyo en verano, a reconocer el canto de los pájaros, y a perseguir a las gallinas para hacerlas enojar. Pero en el momento en que nacieron algo falló. Nunca entendió bien la explicación. A los siete años no hay explicación que aclare lo que es la muerte. Escuchaba frases sueltas: algo de la oxigenación del cerebro, algo del cordón ahorcando a uno de ellos, pero no lograba entretejerlas en un relato. ¿Por qué la comadrona y sus hierbas no pudieron hacer nada esta vez? Los enterraron juntos, en una sola cajita blanca. Recordaba el pequeño cortejo caminando hacia el cementerio de piedra de Cebreros. Recordaba la mirada perdida de su madre. Pero recordaba sobre todo el llanto de su padre. El Sevillano no podía detener las lágrimas ni los gritos de dolor. Aunque los pequeñitos ya eran Miguel y Pedro, en la tumba sólo pusieron dos letras: NN, seguidas del apellido. No habían sido bautizados aún y el párroco no permitió utilizar los nombres. Eran sólo dos angelitos innominados.

El pequeño Martín tenía poco más de siete años y sólo recuerda las semanas completas en que su madre no se levantó de la cama, el silencio en la casa, las ganas que tenía de salir a correr y a gritar para comprobar si aún tenía voz. En lugar de eso, intentó cumplir con aquello que cotidianamente hacía Felisa: ordeñar la vaca, limpiar el establo, dar de comer a los animales, buscar agua, ir al campo a desbrozarlo. No era fácil a esa edad, pero estaba seguro de que su madre se alegraría aunque fuera un poquito al verlo a él tan serio y responsable.

Las cosas tardaron muchos meses en volver a la normalidad, aunque nada fue ya como antes. Nada. Pero por lo menos Felisa se levantó de la cama, y él pudo volver a jugar con los otros niños del pueblo.

Tal vez para ellos fue mejor no vivir lo que vino después. Para todos hubiera sido mejor no vivirlo, pensó Reyes.

—¿En qué te quedaste pensando, cariño?

—En nada, Adela, en nada.

27.

Todos callamos. Mamá es la única que habla: «Sólo el agua fría saca las manchas de sangre». Una sombra que apenas se insinúa en el fondo de la mirada. Gris. Sonrío y masco chicle. «No grites. Todos lo hacen». Mamá se iba durante meses y regresaba pálida y ojerosa de quién sabe qué infierno.

El viento me sacude frente a este mar oscuro. Volver a pasar por el corazón. Pero en el vacío, ni siquiera mis propias arrugas encuentran su nombre. El espejo es un espacio de ficción. ¿Qué rostro le pondremos hoy? Viejas películas en blanco y negro dobladas a un idioma que no quiero reconocer. Tampoco mi lengua ya me pertenece. Esa lengua que quizás recorriera cuerpos amados. ¿Hubo alguno? Siempre sucia, a pesar del agua fría y la obsesión de mamá. Hay manchas que no se van.

Al otro lado de la frontera todo era igual. No, no es cierto: allí empezó a haber otras manos, nuevas bocas. «¿No quieres llevar dinero a casa, Maggie?». «Pero si sólo tengo trece años, papá». «¿No quieres que mamá esté contenta?». Terciopelo en las cortinas, alcohol, aliento a cigarro, gruesos anillos que aún no se habían llevado las deudas. 1931. ¿Alguna vez has visto un club nocturno en pleno día, Verny? De todos los que puedas haber visto, puedo asegurarte que el peor es el Casino de Agua Caliente de 1931. Peor que el Foreign Club donde todavía llegaba con traje de crotalista. Peor que esos casinos flotantes que había frente a la costa. La luz del día rompía cualquier magia que se creara durante la noche. La seducción es una ilusión óptica, Verny. Sólo eso. Todo es falso. Créeme. Tan falso como mis movimientos de caderas y las miradas seductoras. ¡Tenía trece años! Lo único que quería era estar contigo y con mamá en la casa de Chula Vista. Que nadie te toque. Quedarme sentada en el porche mirando la nada. Pero a las cuatro de la tarde, papá sacaba el coche y me hacía señas. Era la hora de cruzar la frontera, y cumplir con el trabajo del día. No recuerdo haber visto nunca la puesta de sol desde esa casa. ¿Cuándo empezó a pensar que mi piel era una extensión de la suya? ¿Que sus deseos tenían que ver con mi cuerpo? Yo no dormía, Verny. Pasaba la noche temblando de miedo bajo las sábanas, esperando ese instante atroz de la madrugada en que escuchaba cómo se abría la puerta de nuestro cuarto. ¿Tú también lo oías, verdad? Re-cordis. *¿Quién quiere volver a pasar por el corazón su vida entera? Mejor borrar, borrar, borrar. El viento helado. Las manos manchadas. Y tus fotos, Verny. Cuerpos. Oigo a mis hijas gritar en la madrugada, pero no las reconozco. ¿Cómo eran sus vocecitas? ¿Cómo era la voz de mamá, Verny? Soy mi propio esperpento frente a un mar desconocido.*

28.

Martín se dio cuenta de que una vez más el vientre de su madre había comenzado a crecer, pero esta vez no hubo risas, ni abrazos, ni gritos de felicidad. Sus padres estaban cada vez más callados. El Sevillano, taciturno. O más que taciturno: enojado. ¿Por qué este nuevo bebé era recibido así? ¿Por el recuerdo de los angelitos? ¿Tenía él que estar alegre o no con la noticia? ¿Y si lo que sucedía era que sus padres no querían tener más hijos? ¿Y si tampoco él ya era bienvenido?

Tardó mucho en descubrir la verdad. Antes llegaron el dolor, el llanto, la soledad. ¿Por qué lo habían mandado en aquel viejo ómnibus con uno que iba a la ciudad? ¿Por qué no volvió a ver nunca a su madre? Nadie se lo dijo. Y por eso él creció esperando que algún día Felisa apareciera por sorpresa un domingo cualquiera y lo llevara de regreso a Cebreros. Volvió años después, con el flamante título universitario bajo el brazo y una tristeza en la mirada que aún hoy asoma cada tanto. Ya no estaba allí tampoco ella. Abrazó entonces las tumbas y se despidió para siempre de su pueblo. De la niña nadie supo darle razón. Se la había llevado la familia del padre y la habían criado lejos de allí.

«En mis tierras, todas las mujeres son mías mientras yo no diga lo contrario», exclamaba con soberbia Seixas.

Y a Felisa siempre le había tenido ganas. Por eso una mañana en que Simón estaba con los caballos, mandó a su capataz por ella.

—Dice el señor que te necesita en la casa grande. Vamos, súbete.

—No tengo nada que hacer allá —respondió Felisa desafiante.

—Eso lo decidirá el Conde. —Y con un movimiento rápido la acomodó sobre la montura.

Reyes recuerda aún sus gritos. Y los de él mismo que se mezclaban con los de su madre. Ése fue el comienzo del fin. Corrió a avisarle a su padre. Llegó casi sin aire y cubierto de lágrimas. Lo demás es historia conocida. El Sevillano, hábil con la navaja, se enfrentó al Conde, pero ya era tarde. Él mismo alcanzó a ver a su madre despeinada y herida, en un rincón de la galería. Seixas la había forzado ahí mismo, delante de todos los que estaban en el patio y bajo la sonrisa del capataz. «¿No que no tenías nada que hacer por acá? Ya ves cómo enseguida te encontramos ocupación».

El Sevillano alcanzó a hacerle un tajo en la mejilla al Conde, antes de ser detenido por varios de sus hombres. También ahí, delante de todos los que se habían arremolinado al escuchar el jaleo, lo amarraron y el propio Seixas lo azotó con el fuete. Si cerraba los ojos, Reyes podía volver a ver la mirada de furia de su padre, el cuerpo que se sacudía ante cada nuevo golpe, y el rostro angustiado de su madre que miraba desde lejos.

Lo encerraron en el sótano de la casa grande. Allí estaba el cuarto que se usaba como celda cuando el Conde así lo decidía. Ser amo y señor de esas tierras significaba exactamente eso: disponer de la vida, de los cuerpos y de la libertad de los demás.

Durante los meses que su padre estuvo encerrado, el vientre de su madre fue creciendo. La vergüenza la obligaba a apenas salir de aquel cuarto de piedra que tenían por hogar. Cuando lo hacía se escondía tras un manto negro que había sido de la abuela. Hubiera querido desaparecer de la faz de la tierra. Aquello que llevaba dentro de sí era y no era su hijo. Por eso no hubo risas ni festejo cuando dio a luz a la pequeña Rosalía. El Sevillano había estado casi tres meses encerrado; salió de allí, silencioso, taciturno, pero no acabado, pensaba Martín.

—Me las va a pagar —decía entre dientes a quien quisiera escucharlo.

—Por favor, Simón, tratemos de seguir con nuestra vida.

—Nuestra vida está destruida, Felisa. ¿Con qué quieres que sigamos? Esto no se va a quedar así.

Y no se quedó así. Tenía razón. Seixas reaccionó a las amenazas a poco de haber nacido la bebé: una mañana, el Sevillano, su padre, gitano, dicharachero, guapo, enamorado profundamente de su mujer y de los caballos, apareció colgado de una de las ramas más altas del castaño que daba sombra a la casa de piedra.

A partir de ese momento las imágenes se vuelven cada vez más confusas para Reyes. El cuerpo exánime, el llanto callado de su madre, el entierro solitario —¿quién se hubiera atrevido a hacer algún gesto que pudiera atraer la furia del Conde?—, los gritos de Rosalía, el baúl con la poquita ropa que tenía, el abrazo de su madre que le dejó húmedas de lágrimas las mejillas, y el adiós que nunca pudo pronunciar.

Supo que Felisa murió cuando la niña era apenas una cría. «Se dejó morir», le dijeron las vecinas la única vez que regresó a Cebreros. «Por eso te mandó lejos,

Martinho, para que por lo menos tú tuvieras una vida fuera del horror de este pueblo». Reyes no volvió a ver a ninguna de las dos nunca más.

—¿Me sigues contando la historia de Cebreros, Reyes? —La vocecita de Anette lo sacó de sus recuerdos—. ¡Ándale, por favor!

—Ya no me acuerdo, Anie. Mejor te leo un cuento, ¿quieres?

29.

¿Quién era Claire, mamá? ¿De dónde venía? Hace cincuenta años que creo que la foto de la llegada a Veracruz es lo único que tenemos de ella, y ahora aparece esto. Tengo la cartilla de sanidad en mis manos y de pronto se enredan los hilos de nuestra historia. ¿Es cierto lo que aquí dice? ¿De verdad ése fue el destino de la niña con sombrerito y los pies hacia adentro? ¿Cuándo lo supiste tú, mamá? ¿Te lo contó Regina? ¿O te lo ocultó como las dos me lo ocultaron a mí? ¿Por qué no me contaron nada, mamá? ¿Por qué no quisieron compartir conmigo esta historia? ¿Por vergüenza? ¿Por pudor? ¿Por respeto al recuerdo de Claire o para cuidarme a mí?

«¿Qué sientes?», me pregunta Juan, y no lo sé. No sé qué siento, no sé qué sentir. Enojo contra mamá porque no confió en mí. Tristeza por esa chica y por una historia que ni siquiera soy capaz de imaginar. Furia contra la vida. Eso: furia. ¿Quieres saberlo, Juan? Estoy furiosa: con mamá, con Regina, con este país y su maltrato a las mujeres. No imagino que nadie a los quince años pudiera elegir un destino como ése. A los quince años tienes

111

sueños, ilusiones. ¿Quién envenenó tu destino, Claire? ¿Quién hizo de tu vida una pesadilla? ¿Cuándo? ¿Cómo? Fui al Hospital de Jesús. Siempre supimos que era el lugar donde había nacido Noëlle. La abuela Regina trabajó ahí durante años. Pedí permiso para revisar los archivos porque quería encontrar cualquier dato que me permitiera saber más de esta historia. ¿Habría algo? Mamá nació al mismo tiempo que la revolución, siempre lo decía. «Por eso soy la más mexicana de las francesas», se reía. Revisé los documentos de 1910. Y sí, ahí estaba, el acta de defunción:

> El día de hoy falleció en este hospital la señorita Claire Ferry. La causa del deceso fue una disfunción hepática acelerada por proceso de embarazo. Doy fe. México, a treinta días del mes de agosto de mil novecientos diez.

Esa joven prostituta de cuya muerte queda constancia en un papel amarillento era mi abuela.

30.

La cocina era uno de los refugios de Anette. Lo había sido desde que era chica. Primero, asomando la nariz a los cuartos de Monserrate cuando se acercaba la hora del almuerzo. El olor de la cebolla bien picada dorándose junto con algún chile en el aceite transparente, o el de las tortillas calentándose sobre el comal la atraía casi tanto como las historias que su padre les contaba mientras caminaban por París. Las mujeres de aquella vecindad habían sido sus primeras maestras. «¿De verdad no sabes cómo se hace una salsa, chaparrita? Mira, lo primero que tienes que hacer es poner los tomates en agua hirviendo». Anette miraba fascinada la fiesta de colores y olores que se desplegaba entre anafres y sartenes. Allí ella veía nacer un universo.

—Los tomates son verdes, Claire. ¡Verdes! ¿Quieres que te prepare unas enchiladas? Acabo de ver cómo las hace doña Matilde, la señora del tres.

—Si de verdad tienes ganas de cocinar, creo que sigo prefiriendo una *quiche*, Anie, no te ofendas, como la que hacía mamá. Pero no le pongas eso que le pusiste el otro día, por favor. ¡Me muero con el ardor!

—¿Chipotle? ¿No te gustó? —¡Qué poco entendía su hermana de sabores!

A veces acompañaba a alguna de las vecinas al mercado. El de San Juan era el que les quedaba más cerca, y el favorito de la niña. Su recuerdo de los mercados parisinos se volvía pálido ante ese deleite para los sentidos que la esperaba delante de cada puesto. «¿Qué va a llevar hoy, marchanta? Tenemos mangos, papaya, mamey, pitaya, guanábana. Prueba un gajito de esta naranja, güerita». Y Anette estiraba la mano anticipando la delicia de sentir el jugo dulce que le llenaría la boca.

«Si vas a comprar pescado, tienes que cuidar muy bien que las agallas estén rojas, rojas. Aunque lo traen diario de la costa, hay algunos que no aguantan el viaje». Cada puesto era un mundo por descubrir. El de la hierbera era uno de sus favoritos. «Deme un puñito de manzanilla y otro de zacate limón, marchanta. No sabe lo bien que le ha caído la mezcla de los dos a mi marido. Ya casi no le duele el estómago en las mañanas». Y había cola de caballo y uña de gato, y valeriana y astrágalo, y... La francesita disfrutaba no sólo los sabores y los olores sino también cada una de las palabras. También a ellas las paladeaba: «gua-ná-ba-na», «gua-ji-llo», «guajo-lo-te». Repetía cada una al regresar al cuarto. «Escucha cómo suenan, Claire».

—Ésa no la toques, güerita, porque te mueres. —Anette levantó la mirada con sorpresa y algo de incredulidad—. De verdad. Con una probadita que le des, te caes muerta aquí mismo.

—Y estás todavía muy pirinola para andar pensando en darle toloache a alguien, ¿verdad, marchanta?

Las dos mujeres estallaron en risas. El universo que el mercado le regalaba también tenía sus zonas oscuras. «Como todo», pensaría ella muchos años después. «Como todo».

Después llegó el colegio de León y la enorme cocina en que la hermana Julia preparaba la comida para las cuarenta niñas que vivían allí. «Las huérfanas», como las llamaban las demás, las que vivían en esa ciudad con sus padres. No todas eran realmente huérfanas, muchas vivían lejos y por eso las familias preferían que pasaran la semana completa con las monjas. Y en ese grupo estaba Anette. Pero era la única que disfrutaba de verdad cuando le tocaba ayudar en la cocina. Pelar papas o pelar ajos no era algo que la entusiasmara, pero valía la pena por las historias que le contaba la hermana Julia. Ella sí que era una enamorada de la comida. Sus casi cien kilos y la sonrisa que tenía siempre mientras preparaba los platillos daban fe de este amor. Como casi todas aquellas monjas, venía de España, de la zona de Cáceres, pero no hacía honor a la rigidez y sequedad de la meseta castellana —como la temible madre superiora— sino a la chispa andaluza que se colaba cada tanto en esos viejos pueblos. Anette sentía que las «s» aspiradas que iban tachonando las frases de la hermana Julia hacían bailar el idioma, igual que bailaban sus ojos ante un buen plato de gazpacho. «Pero el nuestro lleva pan. Y huevo. ¿Qué quieres que te diga, cariño? Si es que a mí el que hacen los andaluces me parece muy soso. ¿Quieres ayudarme a prepararlo para la cena?».

Mientras las otras treinta y nueve niñas comían arroz con frijoles, o albóndigas que eran más caldo que otra cosa, y pan y tortillas para no quedarse con hambre, la francesita disfrutaba ayudándole a preparar a la hermana

Julia los platillos especiales que comían las monjas. Y por supuesto algo de eso le tocaba siempre. Era el único privilegio que tenía en el colegio.

—¿Y si hoy hacemos unas migas extremeñas, cariño? Venga, ponte ya tu mandil y manos a la obra.

—¿Tú sabías que hay plantas que pueden matar, hermana?

—¿Plantas venenosas, dices tú? Claro, cómo no voy a saberlo.

—Se consiguen hasta en el mercado.

—Pero vamos a ver, ¿qué te importa a ti dónde se vendan? ¿No estarás pensando en matar a ninguna religiosa, verdad cariñito? —le preguntó en broma la monja guiñándole un ojo.

A la hermana Julia sí le costó dejarla. Cuando fue a despedirse de ella, con un nudo en la garganta, la monja la abrazó muy fuerte. Anette no se atrevió a decirle que casi no podía respirar dentro de aquel abrazo. «Te llevas un pedazo de mi corazón, pequeña. Esta cocina no será la misma sin ti. Cuídate mucho y que dios te bendiga».

En la lista mental de agradecimientos que hacía cada mañana, siempre había un instante para la hermana Julia. Después de sus padres, de Claire, de Adela y Martín. Esa lista con la que daba gracias a la vida por dejarle comenzar un nuevo día y persignarse ante la estampa de la Virgen de Lourdes eran los rituales que la acompañaban desde la infancia. «Somos las guardianas de la memoria, Anie».

31.

Las manos, el aliento que mezcla alcohol y tabaco, la brusquedad, Verny. Como si fueras una parte de ellos, como si no sintieras ni pensaras. Eso es lo peor. Quieres que en tu cabeza no aparezca nada, que tu piel no exista. Quieres no saber que tu padre está al otro lado de la puerta, ofreciéndote.

¿Quién busca recordar? No hay corazón para volver a pasar nada. Hace tiempo que el mío se detuvo. «Put the Blame on Mame, boys». Ellos se acuestan con Gilda, pero se despiertan conmigo. No se equivoquen, chicos, la lady no canta. No sabe cantar. Nunca ha sabido. La lady se insinúa, se contonea. «Mueve más las caderas, Maggie». La diosa del amor no canta. «Es un productor importante, Maggie. Dale gusto a papá y ve a sentarte con él». Las otras me miran con envidia, pero yo quisiera estar contigo y con mamá, Verny, mirando el atardecer. No quiero tener este cuerpo que me sobrepasa. No quiero mover las caderas. No quiero bailar en el casino. «El más lujoso de todo México». «¡Baila, Maggie, baila!». No quiero productores ni películas. Quiero mirar el atardecer.

¿Sabes, Verny, que en este mar no se ve el atardecer? Es un mar gris. Oscuro. El viento golpea este vidrio que me separa del mundo. Apenas me llegan las voces de los demás. «Suéltame. Me haces daño». Las gotitas de sangre sobre la piel suave. «¿No quieres que mamá esté contenta, Maggie?». «Es un productor importante, y tú serás una estrella». El casino más elegante de todo México: campo de golf, piscinas, y hasta pista de aterrizaje tenía para quienes venían de Los Ángeles. Es el más sórdido de los sitios, Verny. «Cruz del diablo», «Charlie Chan», «Contrabando humano». «Tú serás una estrella, Maggie». Y para eso las manos, y el aliento, y la piel que no quiere sentir. Quieres no saber que tu padre está al otro lado de la puerta. ¿Por qué me mandas estas fotos, Verny? ¿Es papá el que está ahí? Y el coche que cruza la frontera de regreso. Todo igual. Menos tierra, tal vez. Y el porche de la casita de Chula Vista. ¿Quién quiere hacer apple pie? Mamá, en las noches... Shhhh, Maggie, duerme, duerme. Cuéntame el cuento de Oisín, Mommy. ¿Por qué se bajó del caballo? Porque estaba enfermo de nostalgia. Llévame a Tir na nÓg. No dejaré que la nostalgia me venza. ¿Nostalgia de las bocas y las manos? ¿Nostalgia de las noches con terror? Abrázame, Mommy, y llévame a Tir na nÓg. Nunca bajaré del caballo.

32.

—¿Me dejas ayudarte?

—Si se te antoja picar un poco de cebolla, me harías un gran favor. Detesto hacerlo; la cebolla me hace llorar y me deja las manos apestando.

—Pues a mí la hermana Julia me enseñó a hacerlo de una manera en que no te da comezón en los ojos ni te lagrimean. Mira.

Así fue el debut de Anette en la cocina de Adela al día siguiente de haber llegado a Tijuana.

—¿Quieres que pongamos algo de música, Anie? ¡A que sí!

—¡Claro que quiero! Eso sí que no lo hacíamos en el colegio.

El aire se llenaba del ritmo de las orquestas de Paul Whiteman, de Henry Halstead, y de otras grandes bandas. Anette y Adela cocinaban al mismo tiempo que bailaban y reían. «Sí —pensaba Martín cuando las veía—, su mujer tenía razón: la alegría había llegado a la casa de los Reyes de la mano de esa niña».

—Prueba el platillo que se le ocurrió a Anie, Martín. Te va a encantar. Pero tienes que portarte bien, mira que dice que también conoce hierbas que envenenan.

—Señor Martín Reyes, conde de la frontera, aquí tiene sus flores de calabaza rellenas de queso.

—¡Qué delicia! Creo que cuando crezcas pondremos un restaurante. ¿Quieres ser mi socia, niña?

La complicidad entre ellos crecía día a día. Anette era feliz viviendo allí, en esa casa. Las pesadillas no desaparecieron, pero cuando se despertaba asustada sabía que junto a ella estarían Adela y Martín. Cuando le dio sus nombres a la madre superiora no estaba segura realmente de si los encontrarían, o si ellos responderían a su llamado de auxilio. Ella los había elegido. ¿La elegirían también? Ahora ya no tenía dudas. Ambos celebraban ser sus padres. A veces trataba de imaginar lo que sentirían Marie y Jacques si lo supieran. ¿A cuántos padres se puede amar? Ella los amaba a los cuatro. «El amor puede ser tan fuerte como la sangre en esto de las familias», les decía Anette a sus compañeritos de clase, repitiendo lo que escuchaba de su «papá diente postizo».

De a poco también empezó a amar esa ciudad que estaba dando sus primeros pasos: la Escuela Miguel F. Martínez en la que compartía el aula con niños de todas las edades, las avenidas recién construidas, la plaza de toros, el paseo por el río… Tijuana era su hogar, y se sentía orgullosa de que así fuera.

Los domingos salían los tres a caminar, a ver juntos los cambios vertiginosos que se daban en ese pedazo de país, ahí donde México se termina, como les decía la maestra. Sus padres con acento gallego y ella con sus erres francesas eran parte, como muchos otros, del progreso del país. Había chinos que habían venido a probar suerte a estas tierras, gringos que se habían ido quedando de este lado, pachucos, mexicanos de los distintos estados de la República… Eso era lo que más le gustaba a

Anette: que había gente de todos lados. Allí, ellos no eran raros. O eran tan raros como los demás.

Pero sí, a pesar de todo seguía habiendo días difíciles. Muy difíciles.

—¿Por qué tienes esa carita, Anie? ¿Qué pasa?

—¿Sabes qué día es hoy, Adela?

—Miércoles.

—Sí, miércoles 29 de agosto. Mañana se cumple un año. —Y empezó a sollozar.

—¿Un año? ¿De lo de Claire? Ay, chiquita —dijo la mujer abrazándola—. Ya sé qué podemos hacer. Vamos a recordarla como a ella le hubiera gustado. ¿Cuál era su platillo favorito?

—La *quiche*, como la que hacía mamá.

—¿Qué te parece si preparamos una, y brindamos a las doce de la noche por tu bellísima hermanita?

Y así lo hicieron. Cenaron juntos, brindaron a medianoche por Claire —«Un poco de vino para tu madre, otro poco para mí, y agua de Jamaica para ti, niña»—, y encendieron una vela ante la foto tomada en Veracruz. Al día siguiente, la pequeña Anette no quiso salir de su habitación. «Déjala, querida. Es bueno que aprenda también a estar sola con sus recuerdos».

No podían entonces imaginar que la propuesta de Adela estaba dando origen a uno de los rituales más queridos por Anette a lo largo de su vida. Cada 29 de agosto prepararía la comida favorita de su hermana, y al comenzar el día 30 brindaría por ella, encendería una vela frente a la fotografía, y se encerraría a recordarla. Así, a lo largo de más de setenta años.

33.

Pasarían casi diez años hasta que el proyecto del restaurante, que había nacido como una broma, se hiciera realidad. En ese tiempo Anette se convirtió en una mujer y la ciudad en un lugar de interés para mexicanos y norteamericanos. Con o sin «ley seca», Reyes y ella pensaban que ahí sucederían cosas importantes.

—Ya verás, Adela. Ya no podrás quejarte de lo pequeña y provinciana que es la ciudad.

—Si yo no me quejo, Martín. Nada más que me hace gracia que ustedes sean tan optimistas.

Los incipientes grupos de turistas pasaban por el monumento que marcaba el límite entre México y Estados Unidos, luego atravesaban el rancho La Punta, y finalmente se encaminaban hacia la fuente de agua sulfurosa tan apreciada por los *health seekers*. «Ahí mero, en ese lugar tenemos que poner el restaurante».

—No sólo salud buscan estos gringos desgraciados —reía Martín mientras trabajaban en el proyecto—. Pregúntales por los toros, o los palenques, o las cantinas, o algún otro negocito *non sancto*. Nosotros les damos lo que piden. Y ellos pagan. ¿A quién le dan pan que llore, verdad?

—Además digo yo que aunque den lata con eso de que si los toros sí o los toros no, que si el alcohol sí o el alcohol no, y todas esas mojigaterías, como sea tienen que comer. Y vamos a prepararles la mejor comida de todo Tijuana.

Hacía poco que Anette se había graduado «y con honores», presumía Reyes a quien quisiera oírlo, en la Russ, como le decían casi todos, recordando al fundador, a la San Diego High School. Durante varios años había tomado el tren que la dejaba muy cerca del Gray Castle, en el extremo sur de Balboa Park.

Con el título en la mano se sentó frente a Adela y a Martín en la sala de esa casa que era su hogar desde que llegó del Colegio de las Hermanas Mínimas, siendo una niña y con un nuevo velo negro que le envolvía el corazón. Ahora, Anette pensó que esos dos gallegos entrañables para quienes ella era la hija que la vida les había regalado, se estaban haciendo mayores. Una sombra de tristeza le cruzó la mirada. A Adela ya se le dibujaban algunas líneas alrededor de los ojos, aunque nunca perderían la picardía con la que habían visto la luz del mundo por primera vez. Reyes se había convertido en un hombrezote que se movía como pez en el agua en aquella ciudad nueva que él mismo había ayudado a construir. La empresa que lo había contratado hacía más de diez años era la más pujante de toda la frontera, y allí el joven ingeniero había sentado sus reales. Tijuana, Mexicali... Las ciudades crecían bajo el influjo de las leyes de prohibición que habían sido impuestas en Estados Unidos y de una sociedad joven que veía en la frontera la posibilidad de un nuevo desarrollo. El gallego era responsable y trabajador, prácticamente no bebía —lo que hacía que siempre estuviera disponible para el trabajo—, y era además honesto y dicharachero. ¿Qué más se podía pedir?

Sentada frente a ellos, sintió que los años habían dejado ya su marca sobre los tres. Una complicidad nueva los unía; la complicidad que une a tres adultos que se quieren. Pensar en la palabra «adultos» le dio vértigo. No estaba segura de querer asumir lo que esa nueva condición implicaba. Nadie la obligaba a nada, claro. O quizás sí: el tiempo la obligaba. Los años la obligaban. No podía seguir pegada a Adela y a Martín como si fuera una niña. Ya era momento de que creciera, de pensar qué quería hacer con su vida, de que se independizara. ¿Cuánto tiempo más los iba a cargar con responsabilidades que le correspondía a ella asumir? Se lo preguntó durante muchas de sus noches de insomnio ese verano en que terminó el colegio. La mayor parte de sus compañeros había decidido ir a la universidad; algunos otros prefirieron el ejército. El final de la guerra era muy reciente y la herida todavía estaba abierta. Poco importaba quién hubiera ganado. Los muertos no sabían de triunfos. Los largos y difíciles meses de presencia de los soldados estadounidenses en Europa habían hecho mella en el ánimo de jóvenes que desde las aulas seguían los pormenores de la contienda. Nadie quería que aquello se repitiera, pero si así sucedía, «los enemigos nos encontrarían preparados», pensaban. Ella, como tantas otras chicas, no sabía bien qué hacer. Los años de guerra no sólo habían dejado dolor y muerte, también habían abierto muchas puertas para las mujeres. Eso por lo menos era lo que les decía siempre Mrs. Engstrand, la profesora de historia. «Estamos en pleno siglo XX, jovencitas, se terminó la época de pensar solamente en el príncipe azul, o en los hijos que dios nos dé. Pronto podremos incluso votar. Para eso debemos estar preparadas, formarnos, poder analizar, decidir. Éste será el siglo de las mujeres y hay que estar listas para recibirlo».

A Anette quizás le hubiera gustado volverse ella también una Mrs. Engstrand; seguir estudiando, ser maestra, o científica, ¿por qué no?

Pero la vida en la frontera puede ser muy tramposa: estás entre dos mundos que no siempre resultan compatibles. La vida independiente, el trabajo, el estudio parecen cosa fácil cuando estás de aquel lado, pero empiezan a parecer lejanos y prácticamente inaccesibles cuando regresas a casa.

—No pienses eso, Anie, Martín y yo vamos a apoyarte en lo que decidas.

Ahí fue cobrando vida la idea del restaurante.

—En tu honor hemos decidido que se llame «París», ¿te gusta?

34.

«Basta, Juan, no me preguntes más cómo me siento», eso es lo que quisiera responder. Basta, Juan. Nada ha cambiado. Estoy bien. ¿Nada ha cambiado? Sabía que mi verdadera abuela había muerto cuando nació Noëlle. Sabía que era imposible reconstruir nada de su vida. No teníamos forma de investigar por qué razón, ni con quién, ni en qué circunstancias llegó a México. Mucho menos podíamos saber cuál había sido su vida en Francia. Pensábamos que lo único que quedaba de su historia era la foto. «Veracruz, 1909». Y una frase. O yo lo pensaba. Y ahora aparece un pequeño documento: una mancha, un dolor.

Tenía quince años cuando llegó. ¿Cómo era yo a esa edad? Me sentía rara; el cuerpo me crecía más rápidamente que mi posibilidad de conocerlo. Me asustaban los cambios que estaba sintiendo, la piel bullía. Nerviosa y acalorada me reía con las otras chicas cuando en los bailes empezaban las «lentas». Quería cambiar el mundo, pero también quería tener las piernas largas y un vestido nuevo para la fiesta. ¿Era «superficial» por sentir todo eso? Ser superficial era un insulto en casa, y yo trataba de construir un personaje más acorde con los deseos de mi padre, el periodista comprometido, el que denunciaba lo que sucedía tras las bambalinas del poder. Cuando era niña, se ponía muy serio y me decía: «¡Con el hambre que hay en el mundo tú te atreves a dejar comida en el plato! Tendrías que ir a Europa y ver lo que tienen para comer las niñas de tu edad, Irene».

¿Habrá tenido Claire tiempo y ánimo para sueños y proyectos? Sólo se me ocurre pensar en la humillación, en la tristeza, en la desesperación que ha de haber sentido. No puedo imaginar que haya soñado esa vida. ¿Alguna chica de quince años habrá deseado alguna vez ese destino? Siento odio ante cada uno de los hombres que violentaron su cuerpo. Siento asco imaginando el que ella pudo haber sentido. Eso es lo que no puedo sacarme de la cabeza, Juan. Me preguntas cómo me siento. Asqueada, furiosa, dolida. Quisiera abrazar a esa abuela niña. Quisiera poder decirle que todo va a estar bien. Como me decía Noëlle cuando alguna pesadilla me despertaba. ¿Todo va a estar bien?

Pienso en María, en que es apenas unos años mayor que esa niña prostituta. Pienso en los silencios que también yo le heredaré. El pudor. La vergüenza. El enojo. Un bordado inacabado, dolido. Ésa será nuestra herencia. Ésa es nuestra memoria.

35.

Antes también ella se asomaba a verla bailar. El escenario la transformaba. La niña de falda corta, cola de caballo y rodillas al aire que llegaba a Tijuana cada tarde, se volvía una mujer. Era subyugante. Nadie en el salón podía dejar de mirarla. Cansino, apoyándole apenas la mano en la cintura, controlaba los movimientos de Maggie.

—¿Qué edad dices que tiene esa mujer?

—Quince, Mr. Judson. Y ése es su padre —le susurraba Jorge Andreu, el empresario que manejaba los espectáculos en Agua Caliente.

Andreu —Jordi, para los más cercanos, aunque no había nacido en Cataluña sino en un pueblo cercano a Vigo— sabía reconocer esa mirada. Sabía que había que dejar que se cocinara el tiempo justo. Un cuerpo joven enardecía a estos viejos ricos. Pero había que hacérselos desear un poco. Así era más fácil subir el precio.

—Dile que la espero en mi mesa, Jordi. Los varios *whiskys* que ya había tomado y su dificultad con el español, hacían que la lengua se le arrastrara.

—Hoy va a ser difícil, Mr. Judson. La niña vino también con la madre. Pero qué le parece si lo arreglamos para la próxima semana.

—¿Y el padre?

Andreu sonrió y le guiñó un ojo.

—Ése, por cinco duros, vendería hasta a su madre.

Antes también ella se acercaba a verla bailar. Si podía se escapaba unos minutos del París. Le gustaban el ritmo y las castañuelas, y los zapateos. Pero no ahora. No después de las caricias en el brazo. No después de las miradas hundidas en el plato de las dos mujeres de la mesa. No después de las visitas de Verny a la cocina. «Yo viví lo que estás viviendo. Yo vi llorar a mi hermana».

¿Cómo se puede perder, en el pozo sin fondo de la memoria, una imagen que tanto ha significado? Claire llora con los ojos fijos en la pared. Tiene quince años. Casi la edad de tu hermana, Verny. Todo se desdibuja después del abrazo de despedida. «Te buscaré en poco tiempo. Te lo prometo». Norberto la toma del brazo. «Vamos, cuñadita, te espera un largo viaje». El tren. Otro tren en su vida. Al llegar, se encuentran con dos monjas. «Bienvenida a León, pequeña». El convento está a pocas cuadras de la estación. Caminan bajo el sol despiadado del bajío y llegan a un edificio lúgubre. Es la hora de la siesta. Las niñas están repartidas entre la capilla y el salón de costura. En ninguno de los dos sitios pueden hablar. En una se oye apenas el murmullo de los rezos, en el otro, una monja que a Anette le pareció increíblemente anciana, les lee la vida de una santa. Si no es la Virgen de Lourdes a ella no le interesa. «Lo demás son tonterías que nos quieren meter a la cabeza», como decía su padre. Ella no se va a dejar convencer por estas mujeres.

36.

—Buenas tardes, señor Cansino, Maggie. Hola, Verny.

—Hola, Anette.

—¿Cómo? ¿Se conocen?

—El otro día tuvimos un breve encuentro detrás del escenario. Por cierto, quiero felicitarlos, a usted y a su hija, por el maravilloso espectáculo. En estas mesas había oído ya muchos comentarios sobre la belleza de los bailes que presentan, por eso me escapé una noche de la cocina para ir a verlos. ¡Felicidades!

A la semana siguiente a nadie en la cocina del París le sorprendió que el pequeño Verny se instalara ahí durante el tiempo que duraba el *show*.

Pasada la medianoche llegaron por él. Maggie ya no tenía puesto su vestido español, sino que llevaba una falda azul que la hacía parecer una niña que regresa de la escuela. Era una niña. Una niña cuyo cuerpo había crecido demasiado rápido. Fue entonces cuando la francesa descubrió los rasgos frescos e inocentes que aún tenía bajo la capa de maquillaje. También descubrió la mirada de Eduardo Cansino. No había duda de que consideraba que la chica era su mejor inversión.

—Vernon, ¿qué haces aquí? —le gritó.

—No se preocupe, yo lo invité. Creo que aquí puede

estar más cómodo que en el salón de espectáculos. ¿No le parece?

Lo jaló de un brazo con fuerza y dio las gracias entre dientes. Maggie se despidió con una sonrisa, sin pronunciar una palabra. Enseguida bajó la cabeza, como avergonzada de sí misma.

Benito volteó a ver a Anette al mismo tiempo.

—¡Vaya padre! —masculló antes de continuar condimentando la salsa para las albóndigas.

—Por lo menos tiene uno —comentó Lucía.

Y Laura, que era mucho más realista que su hermana, y estaba más enojada con la vida que ella, lanzó una de sus frases favoritas:

—Para padres como ése…

Al que nadie le puso *peros* fue al pequeño Verny que, desde ese día, ya no buscó refugio tras el escenario, sino que después de acompañar a Maggie a maquillarse y a vestirse —le fascinaba ver la transformación de su hermana, la manera en que dejaba de ser la niña que se sentaba en el pequeño porche de Chula Vista, para convertirse en una mujer—, corría a la cocina de la francesa. Se volvió el consentido de todos, especialmente de Anette, que lo esperaba siempre con chocolate caliente y pan dulce.

Él se quedaba callado y quieto en una de las sillas, o dibujaba con los lápices que las hijas de Rosa le habían regalado.

Los pocos metros que separaban el restaurante de la entrada principal del casino lo habían convertido en el lugar favorito de los empleados. Había ruido, gente y conversaciones durante todo el día.

—Dicen que quieren construir un hipódromo.

—¿Dentro de Agua Caliente?

—Si ya hay pista de aterrizaje, ¿por qué no?

Y claro, uno de los entretenimientos principales era tratar de ver a las estrellas de la naciente industria de Hollywood.

—¡Ayer estuvo Dolores del Río! ¡Divina! Con Gibbons que no la deja ni a sol ni a sombra.

—Después de las escenas de *Aves del paraíso*, lo entiendo. Las miradas de Joel McCrea no son para dejar tranquilo a ningún marido.

—Para que vean lo guapas que somos las mexicanas.

—¿Somos? ¡Eso sí que es hacer caravana con sombrero ajeno!

Las risas, las burlas, los chismes, estaban a la orden del día.

37.

Qué bueno hubiera sido encontrar una carta de mamá al abrir las cajas. Una nota cualquiera. Como en las películas. Algo que me diera una pista sobre lo que tengo delante de mí. ¿Por qué nunca me contó nada? ¿Por qué no quiso compartir conmigo esta historia? ¿Será que no supe pedírselo, Juan? ¿Murió esperando que yo la escuchara? Llevo meses sin verla, sin abrazarla, sin escuchar su voz. Y sigo viva. Me lastima saber que todo sigue a pesar de todo.

Me fui con mis mujeres, como siempre que siento que mi propia vida se me escapa. Noëlle se reía cuando yo le decía que me iba a Cuitzeo. «Vas al agua a encontrar tu tierra, Irenita». Unas cuantas veces me acompañó. Doña Chelito y sus compañeras de la cooperativa la adoraron. Enseguida les pidió que le enseñaran a bordar y se sentó a trabajar junto a ellas. Las mujeres le contaban lo que cada una iba poniendo en sus huipiles.

—Aquí aparece mi marido. Es el del sombrero.

—¿El que está de espaldas?

—Sí, porque se fue al otro lado y hace más de diez años que no sabemos de él. Aquí está mi niña, la más chiquita, en su fiesta de quince.

—Pues yo bordo puros animales. Ellos son más mi familia que mi familia —decía doña Enriqueta con una carcajada. Nunca había podido tener hijos y desde que había enviudado tenía que vivir «de arrimada» con los cuñados—. Si nos va bien este año con la cooperativa voy a rentarme mi cuartito en otra casa, no se vaya a creer.

—¿Y usted qué está haciendo, doña Noëlle?

—Pues yo a mis nietos con la Irenita. ¿Qué más?

—Ay, mamá.

—A ver, venga que le enseño a hacer unas flores para que le vaya quedando bonito su bordado.

Esa tarde volví a escuchar la historia de Consuelo Ruiz Sosa, Chelito, como le gusta que le digan, contada ahora con la complicidad que Noëlle hacía que surgiera cuando se sentaba a platicar con alguien. La mirada de la mujer purépecha se iluminó cuando mi madre le preguntó de dónde había sacado esos ojos tan bonitos.

«Lo verde de los ojos es lo único que me queda de mi padre. Decía mi madre que era el hombre más guapo que había andado jamás por las orillas del lago. Quién sabe. A lo mejor tenía razón. Yo casi no lo recuerdo. Había nacido en Santander, pero llegó a vivir a México cuando era pequeño. ¿No ha oído hablar usted de los niños de Morelia? Pues él era de ésos. Tenía sólo cinco años cuando sus papás lo mandaron para acá para que no viviera los horrores de la guerra. Pero le tocó vivir los horrores de la soledad. Imagínense con cinco añitos y solo en un país desconocido. Primero, como todos esos chicos, llegó a la capital del estado. Después, de a poco, y viendo que la guerra no se terminaba, los fueron dando en adopción a algunas familias de la zona. Y por esas cosas del destino, vino a conocer a mi madre, acá, a la orilla del lago Cuitzeo. Imagínese, ella sólo hablaba purépecha, y él no sabía una palabra de nuestra lengua. Pero se ve que para el amor, las palabras sobraban». Chelito dijo la última frase casi en un murmullo y siguió bordando.

También Noëlle sabía pasar el tiempo en silencio. Como ellas. Sentada en una de las sillas pequeñas, ¿qué historias le atravesaban la mirada? Ella no podría nunca hablar de los ojos de su padre ni contar sus amores. No sabía cuál era la sangre que le corría por las venas. ¿Habría amado Claire aunque fuera sólo por una noche al hombre que la había engendrado? ¿O serían Noëlle y sus historias un fruto más de la violencia y la desolación de la adolescente violentada? Ahora entiendo esa complicidad con mis mujeres; una complicidad que le nacía en la piel, en la memoria deshilada y dolida, en el sentimiento de que eran más cercanas de lo que ellas imaginaban. Yo la miraba bordar, como todas las demás, y no entendí su incertidumbre, sus ausencias. La sonrisa cálida que le iluminaba siempre el rostro no me dejó ver lo que había detrás.

Todas mis mujeres vinieron al velorio, como hacía años habían venido al de Regina. «¿Cómo no íbamos a venir? A doña Noëlle la vamos a extrañar también nosotras. En eso tampoco te vamos a dejar sola, Irene».

Esta vez, cuando llegué al pueblo, supieron que iba a otra cosa. Chelito me recibió en su casa, como siempre, me sirvió un café de olla bien dulce, y me dijo: «A ver qué podemos hacer con estos pesares que tienes dentro».

38.

Una tarde los Cansino llegaron al París. Era la primera vez que Volga se había sumado a la excursión al restaurante. Anette conoció entonces a una mujer que seguramente había sido muy bella, pero cuyas ojeras, palidez, y el rictus de tristeza que se le dibujaba en los labios la habían convertido en un ser casi fantasmal. Era apenas mayor que la francesa, pero aquella la percibió inmediatamente como alguien que necesitaba protección. Una hermanita menor a la cual cuidar. ¿De dónde sacaba ella esas ideas? ¿Quién la mandaba meterse donde nadie la llamaba? ¿Qué tenía que ver con la familia Cansino? Ya bastante tenía con su propia historia. El silencio de Volga contrastaba con la estridencia de Eduardo. Tenía la misma mirada asustada de Maggie, aunque en ambas se adivinaba una luz de determinación. Esa luz lucharía por brillar en la niña. Anette la vería crecer año tras año, película tras película.

—Buenas tardes. Los cuatro comeremos sopa de lentejas y el plato del día. ¿Es pollo asado, verdad? Y una jarra de agua de limón.

—No me gustan las lentejas —protestó Verny.

—Pues tendrás que ir a otro restaurante, entonces —le respondió su padre.

—Si quieren, a él puedo traerle alguna otra cosa. ¿Te gustan las croquetas de papa?

—No se moleste, señorita —dijo Volga mientras pasaba su brazo por el hombro del niño.

—Comes lo que comamos todos y se terminó.

Anette sirvió los cuatro platos de sopa de lentejas, y junto al de Verny puso además una porción de croquetas. Cansino la miró con coraje.

—Ni se te ocurra tocarlas —le advirtió al pequeño—. Retírelas, por favor. A los niños hay que educarlos con rigor. ¿Usted no tiene hijos, verdad?

Mientras decía esto acariciaba el brazo de su hija adolescente. Una alarma se disparó dentro de Anette. El accidente. El vestido negro. Claire. El barco que las trajo desde Francia. Las noches de soledad. El llanto de su hermana.

«Yo fui tú. O alguien parecido a ti».

39.

El día que cumplió trece años, Verny entró al París enarbolando una cámara fotográfica, como si fuera un trofeo.

—Mira, Anette, lo que me regaló Maggie. —Era una Kodak Box, de las que empezaban a hacer furor en Estados Unidos—. Como la del anuncio. «*Childhood, like Christmas, is gone before you know it*». Un retrato de una madre con su hija encabezaba el siguiente pie de foto: «*Your gift of a Kodak will catch and hold those precious days which otherwise so quickly fade —the first smile, the first step... and all those other "firsts" that mean so much. A Kodak, truly no other gift so completely represents the spirit of remembrance*».

—¡Ni se te ocurra tomar fotos acá, escuincle de porra! —tronó Benito poniéndose pálido.

—No me vas a decir que te da miedo que te roben el alma.

—Pero, ¿en qué siglo vives?

—Basta de burlas, Laura, Verny. Y a ver tú, acércate para que te dé tu abrazo de cumpleaños.

Después de dos años de convivencia casi cotidiana, Anette se había vuelto, para Verny, su amiga más cercana. Primero su hermana y luego Anette. Le gustaba clasificar todo lo que tenía a su alrededor, incluidos los afectos.

—Maggie es mi primera mejor amiga, y Anie es la segunda —solía decir a quien quisiera escucharlo.

—¿Y yo? —preguntaba Lucía que tenía pasión por ese chico pelirrojo y flaquito.

—¿Cómo te puede gustar? ¡Es un niño!

—Bueno, Laura, cada quien sus gustos, como dice Anette.

—Me parece que ella habla de comida, no de amor.

—¿¿¿Amor??? ¡Yo tampoco hablo de amor! —Y Lucía, roja de vergüenza y furia, perseguía a su hermana por toda la cocina.

—Feliz cumpleaños, chaparrito. —Verny adoraba las erres que, a pesar de los esfuerzos de Anette, seguían teniendo ese dejo tan francés—. ¡Trece años! ¡Caramba!

Benito, aunque refunfuñando aún, se acercó con el pastel que le había preparado. De chocolate y fresas, como le gustaba al chico.

—A ver, escuincle de porra, aquí tienes nuestro regalo.

—¡Benito! —gritó Verny abrazándolo—. ¡Gracias!

Después de cantar a coro el *Happy Birthday* salieron a la calle para que el festejado tomara una foto.

—Tengo que estrenar la cámara. Bueno, ya la estrené con Maggie, pero ésta va a ser la foto número dos de mi vida.

La foto uno, la foto dos, la foto tres… Cada una era clasificada cuidadosamente por Verny en el álbum que le regaló Anette unos días después. Con letra todavía infantil escribía: «Foto 6: Mamá y Maggie, Chula Vista, 14 de junio de 1933». «Foto 24: Anette, Tijuana, 8 de julio de 1933». «Foto 31: Lucía y Laura en el París, 26 de julio de 1933». Allí estaban todos. Verny se había tomado muy en serio aquello de *the spirit of remembrance*.

—Tengo que ser muy cuidadoso, me dijo Maggie, porque revelar las fotos es caro. Por eso no tengo que tomarle a cualquier cosa.

Parecía que la hermana hubiera anticipado la pasión del niño por las imágenes.

—¿Sabes qué me gustaría ser cuando sea grande, Anie?

—¿Fotógrafo, tal vez?

—¿Cómo sabes? Nunca se lo he dicho a nadie.

—Pero yo veo tu cara de felicidad cada vez que enfocas algo con ese nuevo juguetito que tienes.

—No es un juguetito, es una Brownie. Maggie tuvo que bailar muchas horas para poder comprármela —y bajando la voz, agregó—: también tuvo que sacarle algunos dólares a papá porque es él quien se queda con todo el dinero que ella gana.

Foto uno, foto dos, foto tres… La cámara le cambió la vida a ese chico menudo y de ojos verdosos —«Tiene los ojos del color del tiempo. ¿Se han dado cuenta? Si está nublado son más oscuros. Más claros si es un día soleado como hoy». «¿Color del tiempo? Yo diría más bien que los tiene color agua puerca». Laura, la más burlona de las mellizas de Rosa, era implacable con su hermana—. Detrás de la lente, Verny perdía la timidez, como si la cámara fuera una suerte de máscara que lo protegía. Pero no en todos lados era bienvenido.

—Eduardo, dígale a su hijo que aquí no se puede tomar fotos. Es la última vez que se lo advierto.

—No se preocupe, Jordi, ya mismo lo saco.

Pero a los trece años no hay mayor seducción que lo prohibido. Si un par de años antes a nadie le importaba que se durmiera detrás del escenario, ahora todos parecían recordar que aquel no era un lugar permitido para menores de edad. Claro que había excepciones.

—No sé por qué a mí me sacan, si el padre Taylor está siempre ahí con dos que son más chicos que Maggie.

—¿Cómo sabes eso?

—Porque los conozco a todos, Anie. El padre Taylor es maestro en mi escuela, en Chula Vista. Aunque venga al casino sin sotana, y trate de pasar inadvertido, tiene una cara inconfundible. ¿No le has visto las orejas? Y los muchachos son del equipo de futbol. Parecen más grandes, pero van en tercero, como mi hermano Sonny. Hasta Quiroz se divierte ahí con ellos.

40.

Cuando recibió el sobre con las fotos de los primeros rollos que había tomado, Verny supo que habría un par que no podría mostrarle ni siquiera a Maggie. Quiso desafiar a su padre y al señor Andreu tomando algunas fotografías a escondidas, sin imaginar lo que iba a aparecer. Sonny había recogido el paquete en el correo y se lo aventó a la cama. «Ya te llegaron tus obras de arte, enano. A ver si eso se te da mejor que el futbol».

Después de darles una mirada rápida, Verny fue a buscar la lupa que tenía su padre en el escritorio para comprobar lo que ya había percibido a simple vista. Hubiera querido que la escena fuera más confusa para que quedara algún margen de duda. Pero no. Había cinco personas sentadas alrededor de una de las mesas del casino mirando hacia el escenario. Aunque la luz era tenue, todo era perfectamente reconocible: en el extremo izquierdo de la foto estaba Axel Márquez, con su metro ochenta, y los ojos azules que más suspiros arrancaban a las niñas de la escuela. Luego seguía el cura y a su derecha Jimmy Saviano, otro de los galanes de la secundaria de Chula Vista. Las manos de Taylor estaban sobre las piernas de los muchachos. La mano derecha sobre la pierna de Axel, la izquierda sobre la de Saviano. Verny sintió náuseas. Ahora entendía los comentarios que se hacían sobre el cura en el colegio. Junto a Jimmy estaban Jordi Andreu y su padre. ¿Qué hacía Eduardo Cansino allí? Él había disparado la cámara casi sin mirar por miedo a que Andreu lo descubriera. El suyo pretendía ser un desafío que ahora, cuando veía lo que de verdad había fotografiado, le pareció bastante tonto; jugaba al niño travieso mientras en esa mesa estaban pasando cosas muy serias. No podía ser cierto lo que la foto mostraba. Regresó a Agua Caliente el siguiente sábado. Allí estaba otra vez ese trío.

—¡Vaya! El señorito se ha dignado regresar a vernos bailar. ¿Qué te parece, Maggie? —Ella le pasó la mano por la cabeza, haciéndole un cariño. Y agregó con tono burlón:

—Bienvenido, caballero, al casino más elegante de ambos lados de la frontera.

Verny hizo con desgano un gesto que quiso ser simpático y se sentó a un lado del escenario, como antes. Desde allí podía verlos sin que ellos lo vieran a él. Tenían unos vasos de *whisky* y un cenicero con unas cuantas colillas. Taylor estaba exultante. Miraba ora a un lado, ora al otro y sonreía sin parar. Cuando Maggie y su padre terminaron de bailar la primera pieza, y antes de que iniciaran la segunda, Axel Márquez se dirigió al baño, seguido por el cura. Verny esperó algunos minutos a que Jimmy fuera tras ellos. Pero el muchacho rubio siguió sentado fumando. El chico se escabulló del escenario para alcanzar a los otros dos. ¿Por qué? ¿Qué era lo que buscaba? Muchas veces se lo preguntó. ¿Había quizás una parte de sí que quería formar parte del secreto? ¿Le daba curiosidad? ¿Morbo? ¿O también él hubiera querido tocar a Axel, como había visto hacerlo al cura? ¿Quién era Vernon Cansino a los trece años? ¿Qué deseos se insinuaban ya en su piel? «Tiene que hacerse hombre», gritaba su padre cuando Volga, en las noches, le contaba algún cuento.

El *quarterback* del equipo de americano del colegio salió del baño sin siquiera mirarlo. Quien sí se le quedó viendo fijamente fue el cura. «¿Qué haces aquí, Cansino? ¿Tú también quieres jugar?». Con un fuerte tirón del brazo lo metió al baño.

Algo había cambiado en Verny cuando regresó al París después de casi un mes de no haber aparecido por allí. Anette lo supo sólo con verlo. Sin embargo, no logró descubrir qué era. Parecía el mismo de siempre, y sin embargo tenía una dureza nueva en la mirada, una sonrisa más sarcástica, y al mismo tiempo parecía más frágil e indefenso que nunca.

Era como si tuviera una herida nueva. Ella lo abrazó con fuerza y respetó su silencio.

A Anette la imagen de cualquier sacerdote la hacía pensar en Aguiar y su traición. «Somos las guardianas de la memoria». Seguía persignándose ante la estampita de la Virgen de Lourdes en recuerdo de Marie y de Claire pero no se había vuelto a parar en una iglesia desde que salió del convento de las Hermanas Mínimas, en León. Y aunque Adela había intentado inculcarle un poco de fe, la francesita había resultado tan jacobina como sus dos padres. No había nada que hacer.

«No entiendo a qué vienen —decía Verny—. Ellos ni siquiera bailan». Por primera vez mintió en el álbum. Escribió «Foto 58» donde debería haber escrito «Foto 57».

—Te equivocaste, Verny. Te comiste un número.

—¿Ah, sí? No me di cuenta.

«No me di cuenta» no era la respuesta de un obsesivo. Anette lo sabía.

41.

Aquí el viento no es suficiente para romper la coraza de cristal que me cubre la cabeza. Una pecera. Una pecera con algodones. Siento la cabeza entre algodones. El viento sopla. Frío. Oscuro. Pero no es suficiente. Los niños gritan en una lengua que quisiera no reconocer. «¡La lady está loca!». *No llegué a Tir na nÓg, Mom. Estoy al sur de todos los sures. Alguien dijo:* «Sólo ahí podrás recordar quién eres». *Sólo aquí, frente a un mar que no sabe del sol poniéndose en el horizonte. Con el viento que me golpea. No es Tir na nÓg. Oisín no aparece. Hay tantos que no aparecen aquí: al sur de todos los sures. ¿Dónde están mis hijas, Verny? Rebeca, Yasmin. Sus miradas dulces. Sus vocecitas. ¿Quién quiere volver a pasar por el corazón? Soy la diosa del amor.* «¡Lo lastimas!». *Que no te toquen, Verny. Que no te hagan llorar. Que el mar no llegue a tus sábanas.* «Put the Blame on Mame, boys». *Soy la diosa del amor.* «Mueve las caderas, Maggie. Más, más, que hoy está el productor en el público. ¿No quieres que mamá esté contenta?». *Sólo tengo trece años. Éste es el lugar más atroz del mundo, Verny. Siempre hay una habitación esperándome. Espejos. Luces suaves. Música. Y las manos viejas. El aliento enfermo de tabaco y alcohol. No quieres saber que al otro lado de la puerta está tu padre.* «Eso no es nada, linda», *me decía* la mujer que me ayudaba a ponerme el vestido. Un vestido rojo y brillante. ¿A los catorce años, papá? ¿A los quince? «Eso no es nada: tendrías que ir a ver cómo viven las muchachas al otro lado de la ciudad. Tú tienes una habitación limpia esperándote y un padre que cuida de ti. —"¿No quieres que mamá esté contenta, Maggie?"— Las otras viven en cuartos con olor a sexo rancio. Con inyecciones de morfina para aguantar. ¿Has fumado opio, linda? ¿Te has acostado con más de un hombre alguna noche? ¿Has sentido que se te desgarra el cuerpo? ¿Que estás sucia? Esto no es nada. Eres la diosa del amor. Recuérdalo».

¿Qué son estas fotos que me mandas, Verny? Las pongo debajo del abrigo. Sobre mi pecho. ¿Qué significan esos cuerpos? ¿Por qué me haces cómplice de tu mirada? Que no te toquen, Verny. Que no se atrevan. Yo limpiaré tu piel, como siempre. No llores, Verny. Y el miedo a que se abriera la puerta. ¿Oías algo en las noches? ¿Oías su respiración fuerte, los jadeos? «Todos los padres lo hacen, Maggie. ¡Baila! Serás la diosa del amor. Los hombres te amarán, Maggie». ¿Qué son esas fotos, Verny? ¿Por qué me las mandas? El viento helado. El mar oscuro.

«Esto no es nada, linda. ¿Quieres conocer a las muchachas que viven al otro lado de la ciudad? ¿Has sentido alguna vez que tu cuerpo se desgarra? ¿Has tenido que inyectarte morfina para olvidar el dolor? Tienes la piel suave y brillante de las actrices de cine. Pronto alguien se fijará en ti. Tu padre te cuida, linda. Esto no es nada». La mujer que me ayuda a cambiarme en el casino de Tijuana habla y habla. Yo, como siempre, callo. «No vayas a la escuela, no hables aquí, ni hables del otro lado de la frontera, no cuentes, no digas, no preguntes. Sólo sonríe, Maggie, y baila».

¿Por qué me mandaste estas fotos? Las tengo aquí conmigo. Hace años que las tengo conmigo. ¿Quiénes son?

¿Qué decían Sonny y tú en la escuela, Verny? ¿Qué inventaban? Él exigía y nosotros cumplíamos su mandato. Mamá y el silencio. Nosotros y el silencio. Él exigía. ¿Uno de ellos es papá?

42.

11 de agosto de 1987

«Ahí están el pasado y el presente, lo individual y lo compartido, y una misma ante el mundo. Por eso cuando nos vamos a poner uno de estos huipiles nos quedamos en silencio durante unos minutos, después decimos una oración antigua, y entonces sí: estamos listas para pasar la cabeza por el centro del universo, y ser dignas de él». Doña Chelito termina su relato y se queda callada. El frío del amanecer alcanza a colarse adentro de este cuarto que es a la vez cocina y dormitorio, y donde ahora aviva el fuego para calentar el café. Los tres hijos viven «del otro lado» —como tantos en este pueblo— y ella disfruta contar sus historias más que las de sus tejidos. «Bernardo trabaja en un restaurante de Chicago. Y sus dos hermanos armaron una empresita de jardinería junto con un muchacho de Puebla. No les va mal, la verdad, y yo recibo cada mes unos pesos, pero duele tenerlos lejos. Ya sabes cómo somos las mamás, Irene». Los secretos del tejido se transmiten de madres a hijas, pero a ella le han tocado puros varones, por eso decidió ser la que les enseñe a las niñas del pueblo.

Antes hacían los hilos como ahora hacemos nuestros hijos.
Los hacían ellas mismas con la fuerza de su carne.
Cuando empezó el mundo, dicen que la Luna subió a un
árbol.
Allí estaba tejiendo, allí estaba hilando, allí en el árbol.
A lo mejor así fue.
«Ustedes deben tejer», les dijo a las primeras madres.
«Ustedes deben hilar». Les enseñó a tejer desde allí arriba.
Así fue que empezó el tejido.[1]

Chelito me traduce la oración que dice cada mañana en purépecha cuando se sienta ante su telar. Es la misma que repite cuando llegan las niñas: «Estos bordados cuentan nuestra historia, Irene. El pasado y el presente...».

Me hace bien escucharla. Soy menos huérfana con su voz. Seis de ellas llegaron al velorio. Fue Juan el que les avisó, y con lo que querían a mamá no dudaron en hacer el largo recorrido desde la orilla del lago hasta la ciudad. Cuando me entregaron las cenizas, Consuelo me sostuvo. «Nombre es destino», le decía yo después riéndome a pesar de que las lágrimas no dejaban de salir.

Ahora atiza el fuego para calentar el café. Amanece frío, siempre, y con el lago cubierto de neblina. Adentro, el anafre entibia el aire. «¿Quieres que hablemos de ellas, Irene?». Sabe a lo que fui al pueblo. Claro que lo sabe. Sabe que necesito saber quién fue Claire, que necesito saber quién fue mi madre con esta historia a cuestas. No, ni

1   Poema de Lexa Jiménez, traducido del tzotzil por Ámbar Past, y citado por Alberto Ruy Sánchez, «Tejer los hilos de los sueños en la poesía» http://www.angelfire.com/ar2/libros/TEJER.html

Claire, ni Noëlle. No son ellas el problema. ¿Quién soy yo ahora? ¿Cómo bordo el pasado de mi universo, Chelito? «Muchas vueltas le das tú a las cosas. Ése es tu problema». Sonrío porque habla igual que Juan.

43.

Incendios, suicidios, accidentes. Los pies de foto decían en letra pequeña: «Vernon Cansino». Un par de veces al mes, Verny llegaba con una sonrisa y agitando el periódico. Muy pronto se había ganado un lugar allí.

—¿Todo eso sucede en San Diego? Y parece una ciudad tan tranquila.

—Ya me mandan hasta a Los Ángeles, y ahí sí que hay cadáveres todos los días. ¿Sabes que me dejaron entrar a la sala de autopsias de la policía, Anie?

—No me enseñes esas fotos, por favor —gritó Lucía desde la otra punta de la cocina.

—Es peor que entrar al rastro. Lo primero que tienes que intentar es no resbalarte con la sangre que hay en el piso.

—¡Basta, Verny, que estamos cocinando!

—Creo que me voy a volver vegetariano. —Y el chico volvió a poner esa carita de inocencia que hacía que todos lo adoraran en la cocina del París.

—Sería una gran pérdida para la industria de hamburguesas de la Unión Americana —bromeó Benito al tiempo que lo despeinaba con un gesto cariñoso.

Pero lo suyo iba en serio y pidió autorización para acompañar a los paramédicos en las ambulancias. Se hizo amigo de uno de los camilleros que le avisaba en cuanto recibían una alerta. De a poco Verny fue aprendiendo no sólo a tomar las mejores fotos, sino incluso primeros auxilios. Ahora ya no dibujaba, como cuando era más pequeño, sino que se sentaba en su rincón de siempre con el ejemplar más reciente de la revista *True Detective Mysteries* o con algún libro de anatomía que sacaba de la biblioteca de la escuela.

A pesar de todo, apenas se cruzaba con los clientes del restaurante, volvía a ser el niño silencioso y tímido que Anette había conocido tres años atrás al tropezarse con él detrás del escenario en que bailaban su padre y su hermana. Verny insistía con frecuencia para que Eduardo Cansino los trajera a comer. Así los Cansino se hicieron clientes habituales; venían ellos tres solos: Eduardo con Maggie y Verny, o a veces con Sonny o con la madre. De a poco, el padre empezó a invitar también a sus «socios». ¿Socios de qué?, se preguntaba muchas veces Anette cuando los veía entrar. «A ti qué te importa, niña, con que paguen es suficiente». Reyes le daba poca importancia a su preocupación por esos dos chicos que parecían tan intimidados, o incluso asustados, frente a su padre: Maggie y Vernon. «Cuando los veo, no puedo dejar de pensar en Claire».

44.

Del comedor llegaban voces, ruidos de copas y cubiertos, algunas carcajadas. Los técnicos de la Warner celebraban el final de la filmación de *Caliente*. Dolores del Río y Pat O'Brien tenían su propia fiesta en el Salón de Oro del casino. ¡Vaya promoción turística para esta esquina del mundo!

—Yo quiero brindar a la salud de todos nosotros: que dios nos conserve por muchos años más un trabajo que nos permite ver a Dolores del Río en traje de baño.

—¡Salud! —Levantaron los más de diez hombres sus copas entre risas.

—Y a nosotras tocarle las mejillas cada día a Pat O'Brien.

—¡Eso! ¡Que vivan las maquillistas!

Verny se paseaba entre las mesas tomando algunas fotografías.

—Ven para acá, niño. Queremos que nuestra foto salga en tu periódico. Luego nomás publican las de los actores, pero los que de verdad hacemos las películas somos nosotros.

—Sí, sí, una foto, y le pones como título: «Las verdaderas estrellas».

—Y que viva México. Si al final todos somos de este lado.

Más carcajadas, brindis, bromas, coqueteos. Anette corría de una mesa a otra llevando y trayendo platos y botellas. No quedaba un solo lugar libre cuando se abrió la puerta del París y entraron Eduardo Cansino y el padre Taylor, acompañados por los dos muchachos que Verny ya conocía. La francesa pudo ver cómo palidecía el pequeño. Hubiera jurado que además había comenzado a temblar. ¿Era por su padre o por el cura? Algo pasaba ahí y ella tenía que saber qué era. ¿Cómo podría si no protegerlo? Tenía razón Cansino, ella no tenía hijos, pero sabía querer y cuidar a los que la vida le había acercado. Y ese chico ocupaba el primer sitio.

—¿Tiene un lugar para estos *habitués*, doña Anette? Tú sí que te la estás pasando bien, ¿eh, Vernon? ¿Nos invitas a la fiesta?

El bailarín desplegaba sus encantos ante la mirada aterrada de su hijo. El comisario Quiroz les hizo una seña desde la mesa que ocupaba con una de sus amigas de turno. Benito no tuvo más remedio que ir por sillas a la bodega y acomodarlas ahí mismo para que pudieran sentarse los recién llegados.

—Ven, Vernon, tú también con nosotros, ya que eres tan adulto. Al fin que estos muchachos son de tu escuela. Ya los conoces. Y tráete unos *whiskys*.

—Ven, hazle caso a tu padre —repitió el cura al tiempo que se palmeaba las piernas—. Aquí tengo lugar para ti. Estos amigos y yo queremos enseñarte algunas cositas. Sabemos que te van a gustar. Ándale, ven. No te hagas el mustio.

Las carcajadas mostraban que ya traían unas cuantas copas encima.

—Ese hombre es un asco. ¿Cómo puede ser sacerdote una persona así, señorita Anette?

—Mi mamá dice que ni se llama Taylor ni es gringo. Dice que en el casino todos saben que nació en San Luis Potosí, pero que se pasó del otro lado y se hizo amigo de todos los poderosos.

—Lo llaman Taylor porque cada mes se manda hacer un traje nuevo —completó Lucía—. Eso dice mi mamá.

Verny entró como tromba a la cocina y se sentó en su rincón. Allí estuvo, sin hablar con nadie, sin siquiera responderle las preguntas ni los cariños a Anette, con la mirada perdida en el vacío, durante el resto de la noche.

45.

—A ver, Tafoya, qué tenemos acá. Destape el cuerpo a ver si valía la pena tanto jaleo de madrugada, en lugar de esperar a una hora decente para ir a golpear la puerta de mi casa.

El «cabo más viejo de la policía», como a Quiroz le gustaba decirle, se cuidó mucho de aclarar que no era a su casa adonde había ido a buscarlo sino a uno de los *bungalows* del Casino de Agua Caliente. Pero había aprendido a irse con pies de plomo con el comisario, así que sin decir una palabra levantó la sábana que cubría al muerto.

—¡Epa! Ésta sí es una sorpresa. ¡Qué madrugador, padre Taylor!

No era un espectáculo agradable, reconoció Quiroz para sí. Blanco y prácticamente lampiño, el cuerpo del cura ocupaba la plancha de mármol completa.

—¿Dónde lo encontraron?

—Muy cerca del Monumento.

Cualquiera en Tijuana sabía que llamaban así al monolito que señalaba la frontera entre México y Estados Unidos.

—Fue a las cuatro y media de la mañana. Uno de nuestros muchachos estaba haciendo los rondines de rigor cuando lo halló ya muerto.

—¿Estaba solo?

—Estaba solo, pero sobre la arena se veía la marca reciente de las llantas de un coche. Tiene que haber llegado ahí con alguien.

—Con alguno de sus amiguitos, seguramente. Esos chavales que cruzan con sus autos deportivos y se peinan como Rodolfo Valentino son la debilidad del curita. Eran. Qué raro: anoche mismo lo vi en el París.

—De todos modos, el cuerpo no parece haber sufrido ningún tipo de agresión.

—Se ha de haber muerto de un infarto, por gordo nomás. ¿Ya llamó a Mercado?

—Ya, comisario. No creo que dilate. Y hay otra sorpresa —le comentó Tafoya al tiempo que le extendía un documento.

—¿Miguel Ángel Ventura Huitrón? ¿Y esto? ¿De dónde venía entonces lo de «Taylor»? Mire que mentir así, Tafoya, ni que fuera artista de Hollywood para andar cambiándose el nombre. ¿Y sería realmente cura el canalla éste, o nomás encontró así la mejor forma de pescar muchachitos?

En ese momento entró el forense.

—Ahí me avisa lo que encuentre, Mercado. Voy a estar en mi oficina. —Ver el espectáculo de la autopsia no le gustaba nada. Al que sí parecía gustarle era al pequeño Vernon Cansino que venía llegando con su cámara.

—¿Qué haces acá, escuincle? Vete que éste no es espectáculo para niños.

—No soy un niño; soy el fotógrafo del *San Diego Union*. ¿Que no han visto mis fotografías publicadas?

—Para mí eres un chamaco y no sé qué haces de este lado tan temprano. ¿No regresaste a dormir a Chula Vista? ¡Son las cinco y media de la mañana!

—Mi hermana y mi papá no han salido todavía del casino. Yo creo que hasta se olvidaron de que yo andaba por acá.

—Déjelo, comisario, que tome unas fotos ahora, antes de que yo meta cuchillo.

—No, entonces mejor al ratito para que a los del periódico les llegue algo de sangre. Eso es lo que más les gusta.

—¿Estás loco, chamaco? O tomas ahora las fotos que necesitas o no tomas ya nada. Tú decide.

Verny no lo pensó dos veces y empezó a buscar los mejores encuadres.

46.

Necesito que el viento frío me golpee, que arrastre lo que incendia mi cabeza. Que me deje sin imágenes, sin sensaciones, sin recuerdos. Pero hay un vidrio alrededor. «Ve al sur, me dijeron». Allí se ordenan los pensamientos. El mar gris y oscuro te limpia. El aire helado. Y tu cuerpo que se mece. Lejos de los brazos de tu padre. De la voz casi imperceptible de tu madre. De los ojos que se clavan en tu traje brillante. «Tengo sólo trece años, papá». Pero nada dijeron de una pecera que te encerraría. Ni de los gritos en una lengua que no quieres recordar. «La lady está llorando». Qué saben estos niños. Soy la diosa del amor envuelta en los brillos de un vestido rojo. «Are you decent, Gilda?». Sonríe para la foto. La novia de todos. En el frente los hombres se consuelan con mi imagen. Me imaginan liviana, sonriente. Abrazo a mis hijas. Que el dolor no les llegue. Que no sepan de bocas jadeantes. De gritos ahogados. «Una familia feliz». Eso es lo que todos quieren ver. «Baila, Maggie, baila».

¿Has sentido alguna vez el cerebro entre algodones, Verny? ¿Has sentido que hay nombres que se esconden? ¿Palabras que te son familiares, pero se escapan cuando quieres encontrarlas? Como si estuvieras entre nubes: crees que si estiras la mano las tocarás, pero no es cierto. Sólo queda allí apenas un recuerdo. No. Ni siquiera un

167

recuerdo. *La sombra de un recuerdo. Aunque tampoco estás seguro de que sea tuyo.*

Y de a poco sientes que te quedas vacía, habitada solamente por una sensación de vaguedad, de bordes difusos, poblada por imágenes difuminadas. Incluso tu propio rostro te sorprende cada mañana ante el espejo. ¿Lo has sentido, Verny? ¿Has tenido el temor de olvidar tu propio nombre? ¿Los nombres de tus hijos? ¿La voz de mamá?

Me aferro a cada instante para evitar el naufragio. Aquí, frente a este mar oscuro que me traerá la paz. Alguien lo dijo. ¿Lo recuerdas? Diarmuid acompaña con las palmas la entrada al reino de las hadas. Volver a pasar por el corazón. La mirada cada vez más distante a cada regreso. ¿Dónde estabas, mamá?

¿Por qué me mandas estas fotos? ¿Qué tengo yo que ver con los que allí aparecen? ¿Los conozco? ¿Son parte de mi historia? ¿De nuestra historia, Verny? ¿Es papá uno de ellos? ¿Cuál de todas es nuestra historia? ¡Que no te toquen! A ti, no. Que no se atrevan. Eres un niño. La piel blanca y suave. Ti nar nÓg es nuestro reino. Te prometo no bajar del caballo.

¿A quién se le ocurrió? ¿El pelo? ¡Rojo! Despejen la frente. ¡No quiero ni una leve sombra de lo que hay! Un cabello y otro, y otro, y deja de gritar niña que vas a quedar más guapa aún. Con esas caderas y esos pechos sólo necesitas un poco más ancha la frente. No es nada. No llores. No duele tanto como dices. Vamos. Aguanta. Quedarás más bella que todas las bellas. Serás la reina del amor. La novia de los soldados americanos. ¿No amas acaso a tu país? ¿No quieres que ganemos la guerra? Cualquier guerra. Todas las guerras. ¡Qué preguntas haces! No grites que de verdad complicas mi trabajo. Ya deja de llorar. Apenas unos centímetros más de frente. A ti te cuidan. Sólo te llevan

los mejores. ¿Cuántos hombres has tenido en una noche?
Apuesto a que nunca más de uno. Tu padre vela por ti. Ya
deja de llorar que serás la más hermosa. La diosa del amor.
¿O acaso quieres seguir hundida en este agujero? «Are you
decent, Gilda?».

    «*Suéltame*». *La piel suave. Un par de gotas de san-*
gre. No es para tanto. Deja de gritar. «*La lady me lastima*».
¿Quién quiere volver a pasar por el corazón su vida entera?

47.

—¡Anie, Anie!

—No grites, enano. Hoy no ha venido la señorita Anette.

—¿Cómo que no ha venido?

—¿Sabes qué fecha es?

—30 de agosto. ¿Y eso qué?

—¿No te acuerdas que es el único día del año en que no viene al restaurante? —terció Laura.

—¡Claro! Es el día de la muerte de la hermana. Lo había olvidado. ¡Pobre! Después de tantos años.

—Para el dolor no hay tiempo, niño. Es bueno que lo vayas sabiendo.

—¿Puedo quedarme de todos modos con ustedes? Hasta podría ayudar a servir. ¿Me dejan?

Como todos los años, ella se había quedado la noche anterior cocinando. Era el único día del año en que preparaba la *quiche* que tanto le gustaba a Claire. Hacía suficiente como para que cenaran los que llegaban esa noche al París, y que pudieran disfrutarla también los clientes que iban justo el 30.

—¿No prefieres que cerremos el restaurante, Anie? —le habían preguntado Adela y Martín hacía ya muchos años.

—No, queridos; no se preocupen por mí. Prefiero recordar así a Claire: compartiendo con la gente su platillo favorito.

Pero ella nunca bajaba de su cuarto ese día. Las voces le llegaban apenas como murmullos. Ni aun haciendo un esfuerzo hubiera podido entender lo que se decía en la cocina. Además no le interesaba. Hoy justamente no le interesaba para nada lo que sucedía allá abajo. Encendió una vela frente a la única fotografía que tenía de Claire, la foto que les tomaron al llegar a Veracruz, se persignó ante la imagen de la Virgen de Lourdes —le causó gracia conservar todavía aquel gesto. «Tenías razón, hermanita: somos las guardianas de la memoria»— y dejó que las lágrimas salieran. De pronto era como si toda la soledad del mundo se concentrara dentro de ella, clavada como una aguja en el centro del pecho. Estaba sola; a pesar del amor de Adela y Martín, a pesar de lo feliz que la hacía el París, a pesar de que había hecho de Tijuana su casa. No había nadie que recordara cómo fruncía la nariz cuando acababa de nacer, ni cómo era su voz a los tres años, ni cuánto le gustaba caminar sin pisar las rayas de las baldosas al entrar con su madre al negocio de Madame Anjou. Nadie conocía las canciones que Claire y ella cantaban al regresar de la escuela, ni cómo les gustaba a los cuatro tirarse sobre el pasto a buscarle formas a las nubes cuando iban al Bois de Boulogne. No tenía testigos de la infancia. Una infancia que se le iba diluyendo en el recuerdo. Ella perseguía cada imagen, cada sensación, y volvía a darles forma para no dejar que se perdieran. Pero cada año le costaba más. Cada año le dolía más. ¿Quién soy yo sin la mirada de los otros? ¿Quién soy sin Claire, sin mamá, sin papá? ¿Qué queda de esa niña parisina? ¿Qué queda de todos ustedes dentro de mí? ¿Qué queda del tiempo?

—Puedes ayudarnos si quieres, pero tendrás que lavarte y peinarte un poco. ¿Qué te pasó? ¿Te peleaste con la regadera hoy?

—Es que no he regresado a casa, Benito. Maggie y mi padre no han salido del casino.

—¿Cómo? ¿Y dónde dormiste? Nos hubieras dicho y hubieras venido con nosotras, ¿verdad, Lucía?

—Valió la pena la desvelada: ¡tengo una noticia que no van a creer! Se murió el padre Taylor y Tafoya me dejó tomarle fotos al cadáver.

—¿Cómo que se murió el padre Taylor? Si anoche estuvo cenando aquí mismo. ¡No lo puedo creer! Ave María Purísima. —Y Benito se hizo la señal de la cruz.

48.

20 de agosto de 1987

Por las noches, cuando pareciera que ya no tengo manera de ocultarla con nada más, con ninguna de las distracciones que me voy inventando a lo largo del día, la historia de Claire me impide dormir. No puedo sacarme de la cabeza a esa chica que parece tan tímida debajo de su sombrerito, con los pies metidos hacia adentro, resignada a lo que la vida le dé en esta nueva tierra tan distinta de su París. ¿Habrá intuido lo que aquí le esperaba? ¿O habrá llegado con sueños y fantasías, como cualquier muchacha de su edad? Quince años en el momento de pisar Veracruz. Quince años y el cuerpo floreciendo, los deseos marcando la mirada, las sonrisas, los coqueteos, los proyectos. «Dicen que en la Ciudad de México siempre hay sol», comentaría alguno de sus compañeros de viaje. «Dicen que en cada esquina hay un poeta», agregaría otro. Y Claire quizás soñaría con poetas y serenatas, con aire tibio y pieles morenas, desde las curvas suaves de su propio cuerpo, desde la mirada anhelante. ¿Quién se atrevió a mancharla? ¿Quién la ofreció al mejor postor? Sórdida fue la ciudad que la recibió. Sucia.

Tengo una abuela casi niña. Una abuela rota por dentro. Por las noches, su historia me vuelve insomne. Su rostro es también el rostro de Noëlle («Lo que de verdad importa es el amor. No la sangre»), y el de Regina que le cierra los ojos a quien apenas alcanzó a besar a su hija. «Dígale que somos las guardianas de la memoria, hermana. Y que sepa que su madre la amó desde el primer instante en que la sintió en sus entrañas. Dígaselo, hermana, por favor». El rostro de Claire es, cada noche, también el rostro de Noëlle, y el de Regina diciendo: «La vida me regaló a la bebé más bella que había visto nunca». —«Lo que de verdad importa es el amor. No la sangre»—.

Sé que soy de esa estirpe. Aunque se me enreden los hilos del bordado, ésa es mi herencia. Eso tengo para darles a María y a Santiago. Algún día será lo que dejaré a mis nietos.

49.

—«La Arquidiócesis de Los Ángeles lamenta profundamente el deceso del padre Miguel Ángel Ventura Huitrón. El padre Ventura dedicó sus afanes a la niñez y la juventud en el Colegio Stella Maris de Chula Vista».

—¡Vaya que les dedicó sus afanes! —se carcajeó Benito.

—¿Y qué más dice? Sigue leyendo, enano.

—«El padre Ventura había nacido en la capital del estado mexicano de San Luis Potosí. En esa ciudad y siendo prácticamente un niño ingresó al seminario de la congregación de Hermanos de la Fe. Continuó su formación en el seminario de la ciudad de Los Ángeles, donde se destacó por su devoción, disciplina y comportamiento cristiano».

—Sí, cómo no, tan cristiano como el padre Aguiar —dijo Anette para sí.

—¿El padre qué, Anie? ¿Qué dijiste?

—Nada, nada, historia antigua. Mejor sigue con la lectura de la vida y milagros de este santo varón de la Iglesia —agregó y se sonrió con amargura—. Tapan, tapan, esconden, esconden. Siempre igual.

—«Fue ejemplo a seguir y modelo de inspiración para los jóvenes de nuestra comunidad. Despedimos al padre Ventura con todo el dolor de nuestro corazón, pero felices de saber que ya descansa en Cristo Nuestro Señor. Firma: John Joseph Cantwell, Obispo de Los Ángeles–San Diego».

—Qué raro, ¿no? —comentó Benito—. La noche anterior parecía estar perfectamente bien. Es más: se atascó de esa *quiche* que tan rica le sale a la señorita Anette.

—La favorita de Claire.

—Deberías hacerla más seguido, Anie, y no solamente los 29 de agosto. ¡Y con salsa de chipotle!

—¿Y a ver tu foto del cuerpo? —pidió Laura.

—Al final no la publicaron. Que era mucho morbo tratándose de un cura, que no sé qué. Así que publicaron ésta de los años veinte en que está fotografiado con sus compañeros de generación.

—Con esos trajes oscuros parecen cuervos a punto de salir a buscar su presa —agregó Anette, y antes de darse la vuelta para seguir cocinando sintió los brazos flacos de Verny alrededor del cuello—. Calla, escuincle de porra —le susurró al niño en el oído con esa erre que él adoraba. Sólo ellos dos supieron el sentido de ese abrazo.

50.

El momento preferido por todos en el restaurante era ése en que ya se había ido hasta el último cliente, las mesas estaban recogidas, los platos lavados, y el cansancio había hecho su aparición en los rostros «¡y en los pies!», como decía Anette. «La única tortura verdadera son las más de doce horas de estar de pie. Quien no sepa eso es que nunca ha trabajado en una cocina». Era entonces cuando se sentaban en la mesa chica y cenaban juntos: Benito, las mellizas Lucía y Laura, y la francesa. La mayor parte de las veces también se sumaban Verny o Reyes, y si doña Rosa salía a tiempo del casino tomaba algo con ellos antes de llevarse a las chicas a casa.

Anette disfrutaba esos momentos como nadie. La mezcla de olor a comida que aún quedaba en el ambiente y del desinfectante con el que ya habían trapeado el comedor se convertía en el perfume de la felicidad, del trabajo bien hecho. «Misión cumplida», pensaba. No estaría cambiando el mundo ni su foto aparecería en las portadas de las revistas de moda, pero había construido un pequeño reino en el que el cariño, la disciplina y las complicidades eran las columnas principales. «No es poca cosa», se decía cuando en las madrugadas la asaltaban las pesadillas. «No es poca cosa».

—Buenas, buenas... —entró saludando Rosa, esa noche de principios de septiembre.

—Hola, doña, buenas noches. Venga, siéntese. ¿Cómo le va? ¿Qué se cuenta allá por sus dominios?

—Ay, don Benito, Anette, como podrán imaginarse no se habla más que de la muerte del cura. Y ya empiezan a circular versiones y chismes de todo tipo.

—Cuente, cuente —saltó Verny.

—Calma, chamaco, que esto no es una película. Como sea, estamos hablando de un muerto. ¡Un poco de respeto!

—Sí, Benito. Perdón.

—Desde los que creen que se lo tenía merecido por el poco temor a dios que mostraba: alcohol y muchachitos todas las noches no es lo que se espera de un sacerdote, ¿verdad?, hasta los que están convencidos de que lo suyo no fue muerte natural.

El tenedor de Verny quedó suspendido en el aire. Anette y Benito dejaron de masticar, y los ojos de todos se clavaron sobre Rosa. Ella era una maestra en el arte del relato y dejó que su silencio hiciera crecer la curiosidad del auditorio.

—Ándale, ma, ya no nos tengas así y cuenta. —Fue Lucía quien rompió el hechizo.

—Ahí voy, ahí voy. No coman ansias. Pues lo que se dice en los pasillos de Agua Caliente es que la muerte de Taylor es obra de la Faraona.

—¿De quién?

—La Faraona, Benito, fue una bailarina de los primeros años del casino. Usted todavía no había llegado a Tijuana.

—¿Y dónde está? ¿Por qué querría ella asesinar al cura? —preguntó Verny todavía con el tenedor en el aire.

—Está muerta.

—¿Qué? Ahora sí no entiendo nada.

Rosa tomó un trago del agua de limón que Anette le había servido y se acomodó en la silla.

—Pues se dice que la Faraona era la más guapa de las bailarinas. Había llegado de algún pueblo de Durango o de Chihuahua, y se enamoró perdidamente de un jugador de los que pasaban todas las noches en el casino. Creo que era inglés. Ella enamorada, y él aprovechón. Una historia típica, ¿a poco no? A mí me contó uno de los muchachos del restaurante, de los que atienden a los clientes en sus cuartos, que la noche de la tragedia él alcanzó a ver por la ventana que estaban discutiendo muy violentamente.

—Parece que la Faraona había sacado del cuarto las joyas que él escondía, y que en realidad eran de ella, claro. Al darse cuenta, él enfureció y la asesinó. Unos cuentan que con la pistola que tenía en la mesa de noche, dice el muchacho del restaurante que sí, que había una pistola allí, otros que la envenenó. Ya saben que en estas cosas cada uno tiene su versión. Pero… dicen que ella regresa como espectro. Muchas noches pueden oírse ruidos extraños en la zona de los *bungalows*. Eso sí me consta.

—¿Y creen que ella asesinó al cura? Hizo bien. Taylor era un tipo repulsivo.

—Hay quienes creen que sí fue ella, don Benito. Yo no sé qué decirle. Sabe dios que ese hombre a mí no me simpatizaba nada, pero no le deseo la muerte a nadie. —Rosa terminó su relato santiguándose—. Vamos, niñas, que mañana hay que madrugar.

51.

«Ve con el señor, Maggie. Sonríe. ¿No quieres que mamá esté contenta?». ¿Alguien tiene idea de lo que se siente que te toquen unas manos que no deseas, que te repugnan? ¿Alguien sabe lo que es sentirse ofrecida al mejor postor? Humillada. Lastimada. Una noche. Y otra más. Y otra. Y otra. «Ve con el señor, Maggie. Sonríe. El señor es importante. Te puede ayudar a llegar a Hollywood. ¿Acaso no has soñado siempre con llegar a Hollywood?». Hubiera preferido pasar la vida sentada en el porche de Chula Vista viendo los atardeceres. ¿Por qué me mandas fotos de hombres muertos, Verny? ¿Quiénes son?

«El señor es importante». Un aspirante a productor, un aspirante a director, un aspirante a galán de moda. Y yo: aspirante a ser la diosa del amor. La novia de América. Ésa cuya imagen estará en las estampas que los soldados intercambiarán por cigarros en alguna guerra. «Sonríe». Una pelirroja de fuego. «Eso serás, Maggie. Sólo necesitas unos centímetros más de frente para ser la más bella. No llores. No duele tanto. Una buena inversión, Mr. Judson». No se crea que no me doy cuenta: soy una buena inversión.

¿Cuántos hombres antes de que llegue el verdaderamente «importante»? Y cada noche castañuelas y palmas. Coqueteos. «Son españoles», dicen por ahí. «Los Cansino».

Quisiera para mí la palidez de mi madre, su sonrisa distante. Sus fugas quién sabe a qué lugares. Los cuentos. La herencia irlandesa para protegerme.

Hoy, un rayo de sol, débil y cubierto de neblina llega hasta el vidrio. Me gustaría dejarme acariciar por él, envolverme en su tibieza. Que deshaga las nubes que tantas veces se me instalan entre frase y frase, entre palabra y palabra, y hacen que se me pierdan, que se vayan borrando sin haber nunca aparecido del todo.

La arena es oscura. Podría dibujar en ella el rostro del olvido. Todo tan efímero como mis huellas a la orilla del mar.

«Los Cansino». Un quiebre y el zapateo. El ritmo que se mete por las venas. Mi padre me toma de la cintura. Tengo sólo trece años, papá, y las noches se hacen largas. Y el miedo. Y el asco. «Ve con el señor, Maggie. Sonríe». En la distancia, la palidez y los pájaros de mi madre: Diarmuid, Aoife, Tadhg, el poeta, y Oisín. Vamos a Tir na nÓg, mamá, te prometo no bajarme del caballo. No quiero que regreses trescientos años más vieja, pálida y extenuada, de quién sabe qué pesadillas. ¿Quién cuidará tus pájaros, mamá? «¿Me ayudan a preparar apple pie?*». ¿Quién me cuidará, mamá?*

«Put the Blame on Mame, boys». *La futura diosa del amor en espera del hombre importante que la lleve a cumplir un sueño que no recuerda haber tenido jamás.*

52.

A esa hora quedaba poca gente; unos cuantos borrachos que iban saliendo de las salas de juego, los botones del turno nocturno, el personal de limpieza. Un indicio de claridad había ya en el horizonte y Quiroz pensó que pocas cosas le parecían más deprimentes que un centro nocturno bajo la impiadosa luz del día, así que tenía que apurarse a hacer lo que había que hacer antes de que amaneciera. Quería volver a meterse en la cama y abrazar el cuerpo tibio de Sonia. Después de un año, esa piel morena y perfumada seguía volviéndolo loco. «¿Otra vez?», refunfuñó cuando a las cinco de la mañana se oyeron unos golpes en la puerta. «¿Otra vez vienen a llevarte el día de mi cumpleaños?». Él le mordió el hombro. Los golpes eran cada vez más fuertes. «¡Vete! Ya veré con quién festejo yo». Era cierto. El año anterior, justo un 30 de agosto, habían encontrado el cuerpo del padre Taylor. «Esta vez es un tipo», le había dicho Tafoya. «Felicidades, mamita. Te veo esta noche», alcanzó a gritar antes de cerrar la puerta. Sonia se dio la vuelta en la cama. «Pinche comisario».

Jordi Andreu los esperaba, pálido y visiblemente nervioso.

—Ahora sí es el fin del negocio, Quiroz. Ahora sí.

Las noticias que llegaban de la capital del país no eran muy alentadoras para los negocios de Andreu.

—¡Qué sabrá Cárdenas lo que de verdad necesitamos en la frontera!

—Cálmese, paisano, y vamos a ver el cuerpo. Tafoya, váyase por Mercado.

—Ya mandé a uno de los muchachos, comisario.

No, no era agradable ver el salón principal de Agua Caliente sin gente, con todas las luces encendidas, la mezcla de olor a alcohol, a sudor frío, a tabaco, y con un hombre con la cabeza apoyada contra la mesa como si se hubiera quedado dormido de pronto.

—Y así fue, comisario. Había ido a cenar al París y luego vino para acá. Me acerqué a su mesa a conversar y como a las dos de la mañana me dijo que se sentía muy cansado, que si no me molestaba que se recargara un momento. Pero ya no se volvió a despertar.

—¡Llévenselo de acá, comisario, llévenselo de acá! —gritaba Andreu casi histérico—. Ahora sí es el fin del negocio. Ahora sí.

—Vamos, Tafoya, saquen el cuerpo de Cansino.

—Pero comisario, es importante…

—¿Ahora usted me va a venir a decir qué es importante en mi trabajo, cabo?

El informe policial diría que fue encontrado dentro de su automóvil muy cerca ya del cruce de la frontera.

—Se ve que se detuvo a descansar antes de seguir manejando. No se olviden que ya era la madrugada. Y así lo encontramos. Apoyado sobre el volante, como si se hubiera quedado dormido.

Ésa fue la explicación que Quiroz le dio a los dos

hijos varones del bailarín. Lamentó que no hubiera ido también la muchacha. Ella ya había empezado a hacer algunos papeles en el cine y pasaba más tiempo en Los Ángeles que en Chula Vista. El mayor, Sonny, estaba realmente impactado con la noticia.

—¿Qué dijo el médico? —preguntó en voz muy baja.

—Paro cardiorrespiratorio. Lo siento. —Lo que no sabían ellos es que ése era uno de los diagnósticos favoritos de Mercado.

—Me deja entrar a tomar fotos, ¿verdad, comisario?

—¿No vas a respetar ni a quien te dio la vida, Vernon?

—Pues trabajo es trabajo, comisario. Y en el periódico me piden muertos. ¿Qué quiere que haga?

Le reventaba la ironía de ese chaval. ¿No soltar una lágrima ni siquiera por su padre?

53.

Volga Hayworth parecía una *Mater dolorosa* renacentista. Rodeada por sus tres hijos, con un velo negro que le cubría el rostro, se mantenía firme junto al ataúd de su marido mientras el cura pronunciaba las últimas palabras de la oración. Enseguida, cuatro jóvenes fueron soltando las cuerdas hasta que el cajón tocó fondo. Maggie fue la primera en echar las flores blancas que llevaba, antes de que la tierra lo cubriera por completo. «Es una hermosa mujer», pensó Anette; poco queda de la adolescente asustada y de calcetas a la rodilla que ella miraba con mucho de preocupación y de piedad cuando la veía en el París. A un lado estaba su marido, Edward Judson. Un hombre bastante mayor que ella, con el suficiente dinero, ambición y contactos como para pasar el filtro implacable de Cansino. No había entrenado a su hija tanto en las artes del baile como en las de la seducción para terminar entregándosela a cualquiera. Hacía ya muchos años que la pequeña Maggie se había vuelto el mejor negocio de la familia.

—¿Tu hermana no va a la escuela, Verny?

—No, ella tiene que bailar aquí, de este lado. Antes era en los barcos, pero dice papá que en Tijuana tiene más futuro. Mamá hasta mintió en la edad de Maggie para que no hubiera problemas.

Una *Mater dolorosa* que en pocas horas se tambalearía por efecto del *bourbon*, como todas las tardes. El hijo mayor le pasaba un brazo sobre los hombros, mientras el pequeño tomaba fotografías de manera obsesiva. Seguía teniendo los rasgos delicados —casi femeninos— y la piel suave que enfurecía a su padre. «Tiene que hacerse hombre, Volga, deja ya de consentirlo». «¡Ven acá, Vernon!», gritaba, pero el niño se protegía tras las faldas de su madre o de su hermana. «¡No le pegues, papá! Déjalo. Yo haré lo que tú quieras, pero a él no lo toques». ¿Habría dicho alguna vez Maggie una frase como ésa?

—Si no la dijo con palabras, Reyes, la dice permanentemente con sus gestos, con su actitud, con sus decisiones. «Yo haré lo que tú quieras».

—A mí me parece que lees demasiadas novelas, niña.

—¿Y lo de Taylor también te parece que es un invento mío? Yo lo veía mirar a Verny, estirar las manos cuando lo tenía cerca. También sé que hubo una noche que cambió a mi niño para siempre. Cansino y el cura eran de esos seres que se arrastran, de ésos a los que hay que sacrificar, como dices tú.

—Calla, niña.

Era mediodía. El sol de verano del sur de California caía implacable sobre las figuras vestidas de negro en el cementerio de Mount Hope. ¿En qué se habían convertido todos ellos? La ceremonia llegaba a su fin. «Amén», dijo el cura y los presentes se persignaron como autómatas.

54.

Decían que él era un productor de Hollywood. Y yo: una chica que tenía un padre con aspiraciones. ¿Diecisiete años? ¿Dieciocho? Una maleta, el pelo que aún no era rojo, y el desconcierto. ¿Miedo? No lo sé. ¿Quién es el hombre con quien tengo que irme? «¡Baila, Maggie, baila!». Una noche, y otra noche, y otra, es él quien paga. Paga los tragos de papá, paga mis sonrisas, la compañía, que celebro sus bromas tontas, que aparento interesarme por lo que cuenta, que finjo que me halagan sus galanteos y que me enardecen sus caricias. Un don nadie con billetes en la cartera. Paga la exclusividad. Se lleva así a la bailarina más joven de Agua Caliente envuelta para regalo.

¿Por qué gritan estos niños? ¿Qué dicen? Hablan una lengua que no quiero recordar. Una lengua que duele, que tiene ecos de noches con miedo. «Todos los padres lo hacen, Maggie». ¿Escuchabas algo Verny? ¿Dónde está mamá? ¿Dónde están Tir na nÓg y sus poetas? Madre venado, los druidas te llevan lejos. Regresas pálida, callada. Oisín no debía bajar del caballo. Tú y yo no bajaremos nunca, mamá. Te lo prometo.

Los hombres morirán de amor por ti, los soldados dormirán abrazados a tu retrato. Todas las marquesinas del mundo lo dirán con luces de colores: «¡Margarita

Cansino!». Judson y Orson Welles y hasta Ali Kahn. Tienes suerte niña. Ya eres parte de la realeza. ¿Por qué gritas? No duele tanto. «Se acuestan con Gilda y se despiertan conmigo».

La lady no llora, niños. Hace muchos años que dejó de llorar. «El mar gris, el viento frío, te ayudarán a no olvidar», dijo alguien, y estoy aquí, lejos de todo. ¿Cómo llegué? ¿Quién dijo que no quiero olvidar? ¿Quién dijo que quiero volver a pasar por el corazón? ¿Acaso late aún? A witch!

Los pies me sangran. ¿Alguien ha visto cómo sangran los pies de los bailarines? «¡Déjala ya, Eduardo! No puede seguir bailando. Es una niña».

«Tiene que seguir; por supuesto que tiene que seguir. Ella será la reina del amor. ¿Qué sabes tú, con tus fracasos y esos pájaros que alborotan la casa? Será la mejor. ¡Baila, Maggie, baila! ¿No ves que ha heredado nuestra gracia? El garbo de la familia».

Hay que vendar los dedos. Uno por uno. Y continuar. Siempre. La estudiante más aplicada del maestro Cansino. La más obediente. La que llegará más lejos. ¿Acaso no quieres ser la más rutilante de las estrellas de cine? Un vestido rojo, Maggie, y la cabellera cubriéndote los hombros: Salomé, Carmen, Gilda… «Are you decent?». *Los pies sangran. Como la cabeza del Bautista.*

¿Quién paga esta noche? ¿Con quién debo irme? Las manos manchadas, el aliento, el asco.

«Algo sucede con su memoria», señora, dijeron. «La vamos a ayudar a que no olvide». Re–cordis. *Y el corazón que se acelera. Que pase todo rápido —eso es lo único que le pido, doctor—, como en una vieja película. Que llegue el silencio. Sólo quiero silencio. Y la risa de mis hijas cuando eran pequeñas. Quiero quedarme con ellas. Para siempre con ellas. Prepararles* apple pie, *como lo hacía mi madre, y*

que sus naricitas terminen tiznadas de harina blanca, contarles los cuentos de Oisín. Pero ustedes no deben bajar del caballo, niñas de mi corazón. Mientras sean pequeñas, podré cuidarlas, darles un beso de buenas noches y velar porque nunca jamás duerman con miedo. Rebecca, Yasmin, que nadie les haga daño. Mis bebés.

¿Te acuerdas del casino en el barco, Verny? Ahí no había por dónde escapar. ¿Cuánto tiempo bailé entre las mesas de juego y las botellas de bourbon, mecida por el Océano Pacífico? «Ponte un poco más de rimmel, Maggie, y los labios rojos, para que parezcas mayor». «¡Pero sólo tengo trece años, papá!». «Quince, Maggie, allí tienes quince. ¿Qué le pasa a tu memoria? ¿Sientes sobre ti las miradas de los hombres? Ellos te convertirán en la diosa del amor».

¿Y mamá? ¿Dónde estás, mamá? ¿Por qué te llevan tanto tiempo lejos de nosotros? ¿Por qué estás pálida, callada? ¿De qué mundo de pesadillas regresas? ¿No vas a decir nada, mamá? La puerta de mi cuarto se abre en las noches. ¿Dónde estás, mamá?

Maggie no necesita ir a la escuela. Tiene que bailar. Será la diosa del amor. Todos querrán dormirse abrazando su imagen.

Tres fotos. Tres hombres muertos. ¿Por qué, Verny? No puedo separar la vista de ellos. Un escalofrío. Recibo la cuarta en un sobre café. «Foto 57», dice al reverso.

¿Qué hubiera pasado, Verny, si no hubiera crecido, si no hubiera tenido el cuerpo de una mujer a los trece años? ¿Por qué bajamos del caballo, Verny?

Delightful is the land beyond all dreams, fairer that anything your eyes ever seen, there all year the bloom is on the flower, and all the year the bloom is on the flower. There with wild honey drip the forest trees, the stores of wine and meal shall never fail. No pain or sickness knows the dweller there, death and decay come near him never more.

¿Quién paga esta noche, papá? Los pies sangran. En mis manos tengo la cabeza del Bautista.

55.

El doctor Raúl Arvizu se da unas palmadas en las mejillas con unas gotas de colonia Vetiver, se acomoda la corbata, se peina el bigote y le sonríe a su propio reflejo. Es un gesto que repite cada mañana antes de salir hacia el hospital. El rostro recién afeitado muestra la sombra azulada de la barba que en algunas horas volverá a aparecer. La bata almidonada, el pelo peinado con laca, el maletín de cuero negro: todos los elementos hacen de él un tipo impecable. Llegó con el flamante título de médico bajo el brazo, y muchas ganas de «probar suerte» por estas tierras.

En un par de años se había hecho de una buena clientela, volviéndose imprescindible entre los que hacían negocios en Tijuana. A pesar de que la suerte del casino parecía pender de un hilo —«Sí, del hilo de la leche de Cárdenas», gritaba Andreu a quien quisiera oírlo— al doctor parecía irle cada vez mejor.

Como todos los días, sale del hospital a las tres de la tarde y se va a comer al París. Desde que conoció a Anette, decidió que ése sería su hogar cada mediodía. ¿Cómo no iba a querer dejarse consentir por una mujer como ella? Seguía teniendo unas buenas caderas y una piel suavecita que se antojaba acariciar.

«¿Qué tanto miras, chaval?», le preguntó Reyes la primera vez que vio a Arvizu en el restaurante. Todavía ni siquiera pedían documentos para pasar al otro lado. «Los de allá y los de acá somos como una gran familia. Nosotros tenemos lo que a ellos les falta y viceversa». A Martín Reyes no le gustó nada la mirada que lanzó el tapatío sobre su niña —«De Encarnación de Díaz, Jalisco», decía siempre que se presentaba. «La Chona», agregaba con esa sonrisa que le valdría tantos suspiros femeninos—.

—Todos nosotros llegamos hace un buen rato a esta frontera —le dijo al tiempo que movía la silla para sentarse frente a él. Arvizu se quedó con la cuchara suspendida—. Pero come, chaval, que esa sopa no tiene desperdicio.

—Sí, señor.

La historia que estaba empezando a escuchar le interesaba. ¡Vaya que le interesaba! Esa francesa no estaba de mal ver, a pesar de sus años. Y al final de cuentas, ¿quién no está buscando un cuerpo tibio donde llegar a hundir el cansancio de cada día? Y él prefería las carnes de la tal Anette a los huesos de cualquier chiquilla de las mejores familias de Tijuana. Arvizu sabía que los pudientes de la ciudad lo invitarían a cenas y reuniones. Él, joven y con un futuro promisorio, era el mejor partido que podían encontrar por aquellos rumbos para sus hijas casaderas. Pero no tenía pensado amarrarse a ninguna, por un largo tiempo. Que no se hicieran ilusiones ni las madres ni las niñas que buscaban ocultar su origen a fuerza de polvos y maquillaje. «Esa manía de nuestras compatriotas de tratar de parecer lo que no son», pensaba el doctorcito.

Anette se acercó para cambiarle el plato de sopa vacío por la carne asada. Sólo por eso valía la pena vivir aquí. Por esas manos que le cambiaban el plato y por el ganado que había en esta zona del país.

—Vete con tiento, doctorcito, que a esa niña la conozco desde pequeña. Llegamos juntos, en el mismo barco; ella con su hermana Claire, yo con mi Adela. Nosotros nos vinimos a probar suerte al norte, ellas se instalaron en un departamentito en la Ciudad de México. La pequeña iba creciendo arropada por el cariño de la hermana mayor y los juegos con los otros niños ahí, frente a la puerta de la iglesia de San Jerónimo. Pero el santo no las protegió. Te lo digo aunque imagino que tú eres tan ateo como yo, chaval. No conozco ningún científico que no lo sea.

—No soy científico, señor.

—Bueno, «doctor», es lo mismo. Estudiaste, pasaste por la universidad. Nadie que haya pasado por la universidad puede dejarse embaucar por la religión. Como a ti, chaval, no me gustan los curas, ni las mentiras de la Iglesia, a pesar de mi historia, pero me gusta San Jerónimo. ¿Lo has visto? Siempre sentado escribiendo, con el león a sus pies. No sé. Cuando de pequeño veía su imagen en la capilla de mi pueblo pensaba que así me gustaría llegar a viejo: tranquilo, con una pluma y una hoja en la mano.

A veces Reyes le hablaba como si fuera un extranjero igual que él. No valía la pena recordarle que venía de fuera, pero de aquí nomás, de La Chona. Y Arvizu hubiera querido ponerse de pie cada vez que mencionaba su pueblo. Era mejor tener buena relación con él. Que dijera lo que quisiese. El médico pondría su cara de póker. ¿O no han visto que los doctores tienen una media sonrisa permanente como diciendo «te escucho»? «Poner cara de "te escucho" y dejar que los pensamientos vuelen por donde el azar los lleve es una habilidad de médicos», pensaba Arvizu y, cuando era estudiante, se entrenaba ante el espejo.

—Dice Adela, mi mujer, que como no escribo los cuentos que se me ocurren me paso platicándolos. —Y

Reyes soltó una carcajada—. Ya me irás conociendo, doctorcito. No se me «ocurren». Todo lo que cuento es la verdad, la «puritita» verdad, como les gusta decir por aquí. Ahí te dejo comiendo tu bistec. Buen provecho.

¿Cómo seguía la historia de Anette? Arvizu pensó preguntarle pero no se atrevió. El metro noventa de Reyes y su vozarrón le imponían. Tampoco le preguntó por su propia historia, aunque ésa, en realidad, no le importaba para nada. Aprendió muy rápidamente que a Reyes le gustaba ir contando de a poco, por capítulos. Lo hacía sentir como escritor de novelas por entregas. Y el joven médico, oloroso a vetiver y a desinfectante comenzó a imaginar lo que guardaba la francesa debajo de la falda y suspiró mientras pinchaba un pedazo de carne jugoso y rodeado de grasa bien dorada.

56.

¡Qué pocas ganas tengo de hacer este viaje! Tengo pocas ganas de todo: de viajar, de trabajar, incluso de leer cualquier cosa. Es como si algo se hubiera quebrado aquí dentro. No le perdono a mamá que no me hubiera contado nada, que hubiera preferido dejarme fuera de la historia, que me considerara tan frágil o tan inmadura que no mereciera ser su cómplice. Ahora la sorpresa, el dolor, el desasosiego, tengo que vivirlos sola, y no sé cómo.

«Te hará bien salir», me decían María y Juan. Y hasta Santiago por teléfono, el domingo pasado. ¿Por qué me haría bien? «Un cambio de aire ayuda, ma. Tómalo como el consejo de una médica». También Chelito y las otras mujeres de la cooperativa insistieron. Rocío, Enriqueta, Juana, quieren cuidarme, hacer que me distraiga un poco. Si acepté fue por ellas, porque les hace mucha ilusión poder mostrar su trabajo. Es la primera vez que las invitan a exponer. «¡Y en un lugar tan importante!», celebra Verónica, la hija de Rocío. «Tienes que venir con nosotras, Irene. Ellos ni saben de este tema. ¡Ándale!». Ahora, mientras me tomo un café en el aeropuerto, y hojeo las notas para la charla de mañana, me arrepiento de haber salido de casa. Quisiera meterme en la cama, con Ulises ronroneando a mis pies, Juan y mis hijos junto a mí, y entonces dormir varios meses seguidos.

57.

—¿Qué tal, chaval? ¿Cómo te has sentido aquí, en esta esquina del país? —Un par de semanas después de aquel primer encuentro, Reyes se volvía a sentar frente a Arvizu durante la comida—. ¿Interrumpo?

El joven desvió la mirada del escote de Anette, quien en ese momento le servía la sopa y se dejaba, feliz de la vida, acariciar por los ojos de ese doctorcito. Reyes le hizo un gesto, como una llamada de atención, le pareció al médico, al que ella respondió con una sonrisa de complicidad.

—Perdón —dijo el doctor sonrojándose y bajando la vista al plato.

—Tranquilo, chaval. La niña sabe cuidarse sola. Está bien enseñada. Una de las ventajas de vivir en una ciudad como ésta es que todos llegamos buscando un poco de libertad; tú, yo y hasta mi Anette, aunque yo me ponga un poco nervioso.

Reyes soltó una carcajada que hizo voltear a los demás comensales. Pero en el norte una carcajada es eso: una carcajada, y nadie se asusta por las voces altisonantes...

—Lo que sí no puedes olvidar es que es mi hija, chaval.

—Sí, señor. Claro, señor. No lo olvidaré, señor. Pero usted el otro día había empezado a contarme una historia… —arriesgó Arvizu.

—¿Una historia?, si el doctorcito va a jugar a hacerse el inocente, le sigo el juego.

A un gesto que hizo Arvizu con la cabeza hacia el mostrador del París, comentó:

—¿La historia de Anette? ¿No te la terminé de contar todavía? ¡Pero qué distraído soy! A ver, ¿dónde me quedé? ¿En la muerte de los padres? Estamos hablando de mil novecientos ocho en Francia.

—¿Y cuándo llegaron a México?

—No comas ansias, chaval. El cuento todavía es largo.

Anette se acercó con el plato principal.

—¿Te traigo también a ti algo de comer, Reyes?

—Bueno, acompañaré a mi amigo el doctor. Ya se conocen, ¿verdad?

—Ya lo he visto por acá. Se ve que le gusta la comida del París —respondió la francesa cerrándole un ojo a Reyes.

Arvizu no supo si le molestó más el guiño o el haberse puesto rojo como tomate. Sabía que tenía un rostro casi infantil e intentaba disimularlo con el bigote. Si no, ¿qué pacientes confiarían en él? ¿Pero sonrojarse? ¡Qué vergüenza! Y él que quería parecer un seductor.

—Como diría Adela, no lo atosigues con tus cuentos, que es nuevo en la ciudad. Se tiene que ir acostumbrando de a poco a tu vocación de cuentero.

—Nada, nada, puras verdades son las que le estoy contando. ¿A que sí, chaval? —Y continuó con la vista fija en Arvizu—. No soy un ingenuo aunque a veces lo parezca, doctorcito, y sé que los negocios no siempre son limpios. —Reyes clavó su mirada en los ojos café claro

202

de Arvizu que inmediatamente los bajó al plato, como si juntar puré con el tenedor fuera una actividad que requiriera de toda su concentración. Se sintió culpable *a priori*. Claro, ésa era la sensación que le provocaba Reyes. ¿Por qué lo miraba así? Él no era más que un joven de los Altos de Jalisco recién recibido de médico—. ¿No siempre, dije? ¿Habrá fortunas honestas? —Dejó la pregunta flotando en el aire unos momentos, como si él mismo se hubiera ido a quién sabe dónde. Tal vez a su propia infancia y al recuerdo entrañable de Felisa y Simón. Qué verde era su tierra, a pesar de todo. Aquí se le secaban los ojos antes de encontrar una planta.

Raúl Arvizu decidió romper ese silencio que lo ponía tan tenso.

—¿Y llegó usted a Tijuana, en esa misma época?

Reyes tuvo que abandonar su pueblo gallego tan de golpe, ante el sonido de la voz del médico, que lo miró como si él fuera el responsable de que hubiera perdido el paraíso. Pero no, no había paraíso posible ante el fuete de Seixas e Andrade.

—Alguien nos había contado a mi mujer y a mí que parecía que a esta parte del país le habían puesto motores. Hacía poco que Tijuana y Mexicali habían sido fundadas como ciudades y necesitaban edificios y estaciones de tren y casas, y necesitaban gente que construyera.

—Y si eran ingenieros, mejor, ¿verdad, Reyes? —intervino Anette que estaba pasando hacia otra mesa mientras movía las caderas con el único objetivo de sentir en ellas los ojos del doctorcito.

—Ah, si los ojos fueran manos, chaval. —Arvizu puso cara de no haber comprendido.

58.

—«Hermanos de barco» se hacían llamar los inmigrantes que habían compartido el viaje desde el otro lado del Atlántico. Y así nos gustaba decirnos a nosotros cuatro también. ¿No habías oído hablar de estas cosas, doctorcito? Mira, ésa es la foto que nos tomaron en cuanto llegamos a Veracruz. ¡Como si fuéramos gente importante!

—La carcajada con la que Reyes cerró la frase hizo que voltearan a verlo todos los comensales del París. Anette lo miró con ojos entre enojados y divertidos. ¿Y ahora qué le estaría contando Reyes?

—Niña, tráete la foto para que el doctorcito la vea de cerca.

—El polvo, el polvo… Vivimos en el reino del polvo —dijo ella al tiempo que le pasaba un trapo al vidrio.

—Le pedimos al fotógrafo dos copias; una nos la quedamos Adela y yo, y la otra se la dimos a las francesitas. Quién sabe dónde habrá ido a parar la de ellas. Por eso, apenas esta niña llegó a Tijuana le dimos la nuestra. Así podría ver el rostro de su hermanita todos los días. Aquí estamos los cuatro. Mira. ¡Hace casi treinta años! Esta chiquitina es nuestra Anette. Y aquí está Adela. ¡Dios mío, qué delgadita era!

—¡Reyes!

—Ya sé que con esta tripa no tengo derecho a hablar, niña. Mejor me callo.

A Anette le gustaba tener esa fotografía cerca. Cada mañana, al abrir el restaurante, saludaba la imagen de Claire y charlaba un ratito con ella. Después de tantos años seguía extrañándola. «Buenos días, hermana». ¿Qué hubiera sido de ellas si ese maldito tren no hubiera chocado? ¿O si sus padres no hubieran decidido viajar ese día? Nadie está preparado para ser huérfano, a ninguna edad, pero a los ocho años, menos aún. A veces imaginaba esa otra vida que no tuvieron: quizás ella hubiera estudiado arquitectura finalmente, para cumplir el sueño de su padre. Seguro Claire se habría casado y habría vivido rodeada de hijos. Ella llevaría a esos sobrinos a pasear por las calles de París y les contaría las historias que hay detrás de cada edificio, de cada plaza.

¿O qué hubiera pasado si Aguiar no se hubiera cruzado en sus vidas? ¿Dónde estarían ellas dos? Pero la vida era lo que era y a Anette no le gustaba darle demasiado espacio a la melancolía. Como Adela y Reyes le habían enseñado cuando llegó a estas tierras, había que «tirar siempre pa'lante». «Así que, hermanita, a trabajar», decía mientras se ponía el mandil y se recogía el pelo con una redecilla.

—Hermanos de barco… Me hubiera gustado conocer a Anette a esa edad.

—Pero si tú no habías nacido aún, doctorcito. No digas tonterías.

—Bueno, bueno, tampoco es cosa de andar ventilando la edad de una a los cuatro vientos, ¿verdad? Y mejor ya devuélvanme la foto que no me gusta que ande por ahí.

—Ten cuidado, chaval, que aquí «mis ojos» tiene su carácter.

—Cuánta mala fama me haces, Reyes —agregó A-
nette con coquetería al tiempo que acariciaba la imagen
que un fotógrafo había tomado en el puerto de Veracurz
treinta años atrás.

59.

¡Y pensar que yo no quería viajar! ¿Quién iba a decirme que sería aquí, en Tijuana, donde encontraría la punta de la madeja de mi propia historia? Acabo de llamar a Juan para contárselo. El azar es sorprendente. ¿O será que el destino ya está escrito, como dice Chelito, y nosotros nomás vamos bordando las señales que nos manda?

Ayer después de la inauguración nos invitaron a cenar. Íbamos nosotras seis con las dos mujeres maravillosas que armaron la exposición: Pilar y Mónica. «¿Qué tipo de comida prefieren?», nos preguntaron, y Vero que es la más feliz de haber salido de su pueblo pidió que fuéramos a un restaurante tradicional de la ciudad. «Alguno de ésos a los que van los tijuanenses». «¿Las llevamos al París?». En el coche iban contándonos la historia del lugar: que si la época de esplendor de Tijuana, que el Casino de Agua Caliente, que las estrellas de Hollywood, que la Faraona...

—Aquí empezó su carrera Rita Hayworth, a los trece años, cuando todavía usaba su nombre real: Margarita Carmen Cansino.

—A mi padre le encantaba —dije, y recordé la noticia de su muerte y que estábamos en el año del conejo, Juan, en tu honor.

—Es un personaje muy querido aquí. De algún modo los tijuanenses nos sentimos orgullosos de ella aunque después de haberse vuelto famosa nunca más regresara a esta ciudad. El que siguió viniendo durante muchos años fue su hermano menor, el fotógrafo. Un tipo raro, muy raro. Dedicó toda su vida a tomar fotos de gente muerta.

—¿De gente muerta? —preguntó Enriqueta horrorizada.

—Sí, imágenes de accidentados, de suicidas, de asesinados —comentó Pilar—. Yo creo que su pasión por la sangre es un tanto perversa. Quizás lo veamos; sigue siendo un *habitué* del restaurante.

—La verdad es que toda la historia es un poco turbia —agregó Mónica, haciéndole la segunda voz a Pilar—. El padre murió en nuestra ciudad y, aunque siempre se dijo que había sido por causas «naturales», hay quienes le echaron la culpa a la Faraona, nuestra justiciera. En el imaginario tijuanense quienes abusan de un inocente, tarde o temprano tendrán que vérselas con ella. ¡Y este tipo asqueroso abusaba de su propia hija!

—Si tenemos suerte, a lo mejor nos encontramos a la dueña del París, la francesa. Tiene más de ochenta años, pero es una mujer encantadora y está lucidísima. Ella sí que es una enciclopedia andante sobre Tijuana, así que pueden preguntarle lo que quieran.

Llegamos al restaurante platicando todas casi al mismo tiempo. Hasta Juana que es la más tímida se había soltado. Pedimos una mesa grande a la muchachita que nos recibió en la puerta.

—¿Está doña Anette? Vinimos con estas amigas bordadoras que quieren conocerla.

—Claro, en la cocina, como siempre. Ahorita le hablo.

En una pared había fotos antiguas de la ciudad y algunas de la dueña con gente que había pasado por aquellas mesas.

—Como ves, es un clásico traer acá a los visitantes.

También detrás de la caja había un par de fotos. Mamá siempre decía que yo había decidido ser antropóloga porque podía curiosear por todos lados y decir que estaba investigando. Así que fiel a mi vocación de metiche profesional me acerqué a mirarlas.

—Ellos son mis padres: Martín y Adela Reyes. La foto es de cuando cumplieron sus bodas de oro.

La voz que sentí a mi espalda estaba ya algo cascada, pero seguía siendo firme. Por la erre de Reyes, imaginé que quien hablaba era la francesa que nos habían contado. Me di la vuelta y me sorprendieron sus enormes ojos oscuros y una prestancia que poco tenía que ver con sus ochenta y tantos años.

—Qué hermosa foto, señora. Y permítame decirle que se ve usted muy joven y guapa.

—Bueno, corazón, tanto como joven no creo, pero te lo agradezco —me respondió con coquetería—. Y como veo que te gustan las fotos viejas, déjame mostrarte ésta.

—Y descolgó una más pequeña—. Mira.

—Veracruz, 1909 —dije de manera casi automática.

La mujer se detuvo paralizada.

—¿Cómo lo sabes?

Yo sentía en la garganta los latidos cada vez más fuertes del corazón. Me llevé la mano al pecho y con un hilo de voz le dije, al tiempo que señalaba a Claire:

—Esta chica con el sombrerito es mi abuela.

60.

Anette no se sorprendió al oir unos golpes muy suaves sobre su puerta. Tampoco le sorprendió encontrar la cara fresca de Arvizu al abrir. Venía con un ramito de gardenias en la mano. Parecía un adolescente. Ya no tenía la sonrisa condescendiente y distraída de «te escucho», sino un gesto que parecía un poco más auténtico y mucho más inseguro. Es más, la sorpresa de Anette hubiera sido mayor si el doctorcito no la hubiera buscado. Hacía más de dos meses que comía todos los mediodías en el París y ella podía sentir su mirada cada vez más subida de temperatura y de impaciencia.

Al abrir la puerta pensó que ésa podría haber sido una linda historia romántica si ella hubiera tenido diez años menos y el cuerpo sin el peso de historias pasadas. Un médico joven, un ramo de gardenias y la posibilidad de inventar el amor. Porque ¿qué otra cosa es el amor sino el cuento que nos contamos cuando queremos embellecer el rostro del deseo que nos calienta la sangre? ¿Pensaba ella lo mismo hacía quince años? No, es probable que no. Seguramente imaginaba aún que encontraría a su príncipe azul, y que vivirían felices y comerían perdices. Ahora las perdices las preparaba al vino tinto y todos los príncipes del mundo se habían ido destiñendo hasta ser unos pobres *clochards* descoloridos. Sí, señor. Ella ya no esperaba nada de nadie, y hacía bien. Sin embargo no pudo dejar de sentir cierta ternura ante ese hombre al que todavía se le notaba que no se había despegado del todo de las faldas de la madre.

—Buenas noches, doctor. Qué sorpresa.

Anette seguiría diciéndole «doctor» y hablándole de «usted» siempre, incluso después de haber pasado con él más noches de las que hubiera querido. Quizás ella fue la única que percibió el hambre desde el principio. Hambre que iba más allá del restaurante y la cama: hambre de reconocimiento, de poder, de dinero. Esas tierras eran así: transformaban los deseos en ambición, la moral en descontrol. Ella lo había visto en cada uno de los hombres con quienes se había cruzado.

—La escuché toser tanto al mediodía, que pensé en pasar a dejarle este jarabe y a ver si podía ayudarla en algo.

—Gracias, doctor, es usted muy amable. Pero entre, por favor, no se quede parado ahí fuera que con este aire que se ha soltado pronto seremos dos los enfermos.

Sí, a Anette le dolía recordar esa primera mirada de Arvizu, mezcla de deseo y pudor; le dolía recordar la delicadeza con la que fue desvistiéndola, recorriéndole la piel con la boca joven y ardiente. Nadie la había tratado nunca con la devoción y sabiduría con que la trataba el doctor. Nadie la había llevado a la explosión que la inundaba cada vez que se le acercaba. No había duda de que conocía muy bien lo que encerraba el cuerpo de las mujeres. Cuando poco antes de las dos de la mañana la besó y le dijo: «Hasta la noche, Anette», ella supo que esa historia iba a ser fuerte. ¿Por qué las mujeres somos así? ¿Por qué nos metemos con alma y vida en cada relación que

se nos atraviesa por el camino? ¿Por qué nos transfor-
mamos enseguida no sólo en amantes, sino también en
madres, hermanas, cómplices de nuestros hombres? Sólo
por esas horas valía la pena haberse embarcado. «Hasta la
noche, doctor».

61.

Los niños gritan: «La lady está loca». ¿Qué saben aquí en el fin del mundo? ¿Qué saben frente a este mar gris, oscuro? ¿Qué saben frente a este viento afilado? «La lady es la diosa del amor», les digo. Es la que regala su nombre a las bombas. La que está en los cuarteles. La que duerme pegada a la piel de los soldados. ¿Quién de ellos no ha sonreído imaginando que es a mí a quien toca? «Es una bruja». Las palabras de una lengua que me lastima. «Baila, Maggie, baila». Los pies sangran. ¿Por qué me mandas estas fotos viejas, Verny? ¿Qué son esos cuerpos? ¿Quiénes son los que me miran desde un blanco y negro desteñido? ¿Qué tengo que ver yo con ellos, Verny? ¡Cómo te brillaron los ojos cuando te di el regalo! Adentro de la caja: una cámara. No la dejabas nunca. Y luego el álbum: foto uno, foto dos, foto tres. Las manos manchadas de nicotina, el aliento rancio. ¿Están en tus fotos? ¿Están en el orden feroz que les dabas? Recibo un sobre con tres fotos de hombres muertos. ¿Quiénes son, Verny? Y una cuarta imagen: un gordo con un muchacho a cada lado. El gordo tiene las manos sobre las piernas de ellos. ¿Qué es esto, Verny? Al reverso dice «Foto 57».

«Es hora de cruzar. El trabajo nos espera». Déjanos ir contigo a Ti nar nÓg, mamá. Déjanos montar en el caballo de Oisín. Déjanos estar para siempre junto a ti. No crecer

jamás. Los hombres tienen las uñas duras y amarillas. El sudor rancio. «El señor quiere conocerte, Maggie. ¿No quieres que mamá esté contenta?». ¿Qué saben aquí en el fin del mundo? ¿Qué saben de las noches en vela? ¿Del cuerpo que tiembla bajo las sábanas? «Todos los padres lo hacen, Maggie». «Beautiful sixteen–year–old Spanish–Irish dancer…». Hay que pintarle el pelo, arrancarle el que le cubre la frente, cambiarle el nombre, poner su imagen en las cajetillas de cigarro, bautizar una bomba («Es sólo una prueba, Maggie. ¿No quieres que los soldados estén contentos?»). Y la sonrisa, y los hombros que alcanzan a verse, y la voz, hacen que hiervan las pieles de los patriotas. Go, marines! «Gilda, are you decent?».*

Bailo. No sé hacer otra cosa. Mover las caderas, los brazos. Los pies que sangran. No importan las palabras. Importa la caída de ojos. Importa la sonrisa. La diosa del amor. ¿Recuerdas la lengua de la infancia, Maggie? ¿Recuerdas las palmas en Manhattan? Spanish–Irish dancer. *Bailo. En la frontera. Soy Gilda. Soy Carmen en* Under the Pampas Moon. *Soy Ramona. Soy Rita. Nunca más Margarita Cansino. Hay que pintarle el pelo, arrancarle el que le cubre la frente. Soy la diosa del amor. En español y en inglés. Las manos manchadas. El aliento rancio. El sudor. Aquí y allá. En la frontera. «¿No quieres que mamá esté contenta?». «Tienes suerte, niña. Tu padre te cuida. Aquí y allá».*

«La nueva Dolores del Río», decían los titulares. Pero no hablo esa lengua que lastima. No hablo ninguna lengua. Bailo. No sé hacer otra cosa. «Tienes que bajar el tono. Más bajo. Una voz sensual, no de irlandesa chillona. Vamos niña que no tenemos todo el día». Muda ante la furia de los demás. Rita. Ramona. Carmen. No Maggie, papá. Mejor muda, papá. «Todos lo hacen».

La cabeza en una pecera. No hablo. No escucho. No siento. Sin memoria, sonrío detrás de un vidrio. ¿Sin memoria? «La lady está loca». ¿Amé alguna vez, Verny? ¿Amé a alguien por fuera del guión? Hubo un rostro joven. Un estudiante. ¿Era en L.A., tal vez? Un cuerpo joven de manos suaves y boca ávida. «Jamás, Maggie. Eres la diosa del amor». Judson y Orson Welles y Ali. Todos se acuestan con Gilda y se levantan conmigo.

Acá no se pone el sol sobre el mar, Verny. Acá no hay atardeceres. Sólo el mar gris y el viento frío. Ven. Quédate conmigo en el fin del mundo. Callemos juntos lo que quisiéramos olvidar.

Que no te toquen, Verny. Que no se atrevan a poner sus manos sobre ti. «Tiene que hacerse hombre», gritaba papá. Y tú: con la piel cada día más suave, con los párpados que caían cada vez con más delicadeza. «Foto 57». «¡Que tu hermano te enseñe a golpear!», gritaba. «No lo consientas, Volga. No lo abraces. Tiene que hacerse hombre». Que no te toquen, Verny. Que no te lastimen.

62.

Las noches de Anette se habían llenado de luz, de música, de risas, de miradas, de susurros, de gemidos, de caricias. Las noches de Anette se habían llenado del doctorcito tapatío. Ella lo esperaba con la sangre alborotada, un día tras otro. Y un día tras otro él hacía de su cuerpo una fiesta.

Bastaba ver las miradas que se dirigían en el París para saber que se estaba tejiendo entre ellos una historia. Los dos estaban luminosos y se les notaban las ganas de soltar las caricias que traían arremolinadas en las puntas de los dedos. La piel de la francesita brillaba como hacía mucho tiempo no lo hacía. Una sonrisa le bailaba en la comisura de los labios y hasta es probable que nunca hubieran estado más sabrosos los platillos que preparaba. Eso por lo menos decían los *habitués*.

—Ahora sí te luciste con el pipián, Anette.

—¿Por qué nunca habías preparado estas natillas? ¡Son un pecado de tan ricas!

El único que no comentaba nada era Reyes. La muchacha sabía que a su padre no terminaba de gustarle el médico. ¿Por qué?

—No digo que no me guste, niña; digo que te vayas con cuidado. Es demasiado amigo de Andreu, demasiado amigo del comisario. No sé. Vete con cuidado, nomás.

Pero la piel no entendía de cuidados, y ella eligió tener a Arvizu un rato cada noche. ¿Era eso amor? ¡Qué importaba el nombre que le dieran! Era alegría, era fiebre, era complicidad, era redescubrir sus manos, sus ojos, sus muslos, su vientre, sus pechos. Era inventar caminos distintos, sabores diferentes, perfumes que la mareaban.

—¿Qué trae usted hoy en su maletín, doctor?

Con esa pregunta solía empezar la aventura, el ritual del encuentro después de un largo día separados.

—Hoy sólo traigo esta humilde pluma que encontré temprano en la playa —contestaba Arvizu, con tono pícaro, disfrutando de antemano los juegos que había imaginado.

La pluma era secreto en el oído de ella, cosquillas entre los dedos de los pies, viento que buscaba perderse en su ombligo.

—Un maletín mágico tiene usted, doctor. Espero que no lo use con ninguna otra de sus pacientes.

—Usted es la única paciente que de verdad me importa, Mademoiselle Ferry.

Cuando en la madrugada él se despedía —«Hasta mañana, Anette»—, ella se acurrucaba buscando su olor y así se dormía, sonriente y plena.

63.

Siempre imaginó que algo de razón tendría Reyes en no confiar demasiado en el doctor. También Adela, cada tanto, le lanzaba algún comentario que sonaba como advertencia. Pero ella no quería saber nada. Prefería seguir con las noches compartidas, con la mirada brillante, con el cuerpo que anhelaba, a todas horas, la piel amada. No quería saber por dónde caminaba el hambre de poder de Arvizu. Prefería no preguntar, no averiguar, no hacer caso a las insinuaciones que algunos dejaban caer como al pasar mientras ella les servía el postre.

—Dicen que el doctorcito ya tiene coche nuevo.

—Se ve que el sueldo del hospital no es tan bajo como algunos piensan, ¿verdad, Anette?

Ella fingía no escuchar, no entender, no recibir las indirectas. ¿Qué sabían sobre lo que de verdad le importa a una mujer? ¿Qué sabían de su miedo a las noches de soledad, al dar vueltas y más vueltas en una cama fría? ¿Qué sabían lo que era llegar a casa después de un larguísimo día de trabajo y encontrarla oscura y silenciosa? ¿Qué sabían de las horas añorando la vida que nunca tuvo: algún hijo —por qué no—, o alguien a quien abrazarse en las noches de tormenta, un testigo amoroso con quien sonreír ante las arrugas que descubría cada mañana?

Era fácil decir, juzgar, criticar desde un hogar con cena caliente cada noche, con los niños que los esperaban para mostrarles la tarea, con una esposa que les tenía el traje planchado, y hasta con amantes a las que usaban algunos meses y luego desechaban. ¿Qué sabían todos de lo que ella necesitaba?

—¿Qué haces?

El grito la sobresaltó.

—Iba a guardarte este mensajito en el portafolios para que lo encontraras al llegar al hospital —le respondió Anette y quiso abrazarlo.

La violencia con que la alejó la sorprendió. Arvizu no era alguien que se alterara con frecuencia. Al contrario. Era medido, cortés, cariñoso.

—No toques mis cosas.

—No te preocupes, no volveré a acercarme a nada tuyo. Tampoco ha sido para tanto.

—Si es para tanto o no, lo decido yo.

La tarde siguiente le llegó un ramo de rosas rojas al restaurante. Por la noche él tocó a la puerta como las primeras veces, como si no hiciera mucho tiempo ya que entraba al cuarto de Anette como a su propia casa, como entraba en ella cada noche. ¿Le abriría?

—¿Puedo pasar? —dijo con esa sonrisa de niño regañado que los bigotes no lograban disimular.

Antes de que ella pudiera responder, él ya la había tomado de la cintura y la acercaba a sí.

—Perdón, Anette —le respiró al oído.

Ella se estremeció. «Perdón». ¡Qué bien conocía sus puntos débiles! Con firmeza la empujó contra la pared, acariciándola con urgencia. Con qué sabiduría la hacía caer en un abismo enloquecido sólo para volver a levantarla y transformarla una y otra vez en un puro cuerpo ardiente. «Que no se termine nunca», alcanzó a pensar al borde de su primer grito de la noche. «Que no se termine nunca el doctorcito».

64.

Hoy llegué temprano al restaurante. Quería escuchar la historia que Anette aún no me había contado, y acompañarla en esa fecha que también mamá, a su manera, recordaba.

—Es el único día del año en que Anette no baja a la cocina —me dijo un hombre mayor, delgado y rubio, cuando me abrió la puerta en la mañana—. Cada 29 de agosto se queda hasta tarde en el restaurante, preparando el platillo favorito de su hermana. Incluso ella misma les sirve esa noche a los clientes. Siempre ha sido así. La conozco desde hace más de cincuenta años; ella ha sido mi hermana, mi madre, mi protectora. Mucho gusto, me llamo Vernon Cansino, y tú debes ser muy especial porque me dijo que te está esperando. Sube, por favor.

Juntas encendimos una vela frente a la foto de los «hermanos de barco».

—La traje anoche del París. Cada 30 de agosto me gusta amanecer con ella. ¿Sabes, Irene?, me impresiona saber que soy la única que sigue viva. Adela y Martín se fueron hace ya muchos años. Y Claire... —Se quedó un momento en silencio mirando el reflejo del fuego sobre el vidrio de la fotografía—. Pero hoy es también un día de fiesta. Es un milagro que estés aquí. Es un milagro que existas. ¿Por qué no lo supe antes? ¿Por qué no conocí a Noëlle? Cuéntame todo. ¿Cómo era? ¿Te pareces a ella?

Le conté lo poco que sabía sobre la muerte de Claire. Le hablé de Regina, de mamá, de lo difíciles que habían sido los últimos meses, de esta tonta sensación de orfandad que me cubría, del secreto que, sin que yo lo supiera, había marcado nuestras vidas. Fue como una catarsis, Juan. Hasta le dije lo enojada que estaba con mamá por haberme ocultado el horror de la historia de Claire. Mientras hablaba dudé sobre si ella conocería o no esa historia. ¿No me estaba equivocando al contarle todo? Finalmente era una mujer de más de ochenta años y quizás yo estaba lastimándola con este relato. Cuando quise preguntárselo, me interrumpió.

—Espera Irenita.

¿Por qué me pareció que mi nombre sonó igual a cuando lo decía mamá?

—Puedo entender que Noëlle no te haya contado la existencia de la libreta de sanidad de Claire. ¿Sabes por qué? Porque la imagen que tú tenías de esa abuela joven se hubiera visto teñida para siempre por la marca del horror. Y hubiera sido injusto para alguien tan dulce y bella como era Claire. Eso es lo que tu madre intuyó. ¿Quieres conocer la historia?.

—No quiero otra cosa.

—Primero preparemos un té, querida, porque este cuento es largo. Y triste.

Fijó sus maravillosos ojos oscuros en los míos y empezó el relato. Desde la infancia de las dos hermanitas en París hasta la llegada a la Ciudad de México. Su mirada iba ensombreciéndose conforme avanzaba.

—El padre Aguiar nos convenció de lo bueno que sería para nosotras venir a este país. ¡Teníamos ocho y quince años cuando nos embarcamos! Nos traicionó, Irene. Me enferman quienes abusan de su poder, querida. No los soporto. Y hay que decir que los curas son especialistas en ello. A ella sí la prostituyeron casi enseguida, yo me salvé quizás porque era aún pequeña. Nunca lo sabré. Todavía se me aparecen por las noches Aguiar, Norberto Cruz, y hasta el médico que le inyectaba morfina a mi hermana para que su cuerpo siguiera aguantando los abusos y la violencia. La culpa es una daga que tengo clavada desde entonces; desde hace casi ochenta años. ¡Debí salvar a Claire y no lo hice! Nunca me lo perdonaré. Espero haber salvado, sí, a otros inocentes.

¿Cuánto estuvimos así? ¿Tres, cuatro horas? Cada tanto Anette se paraba, calentaba un poco más de agua y preparaba un nuevo té. Hablamos y hablamos y hablamos, Juan. Y lloramos. Y nos reímos. Y supimos que éramos parte una de la otra.

¡Qué difícil fue la despedida! ¿Cómo íbamos a separarnos ahora que nos habíamos encontrado?

—Regreso en un par de semanas, Anette, te lo prometo.

Nos abrazamos muy fuerte. Era ya noche cerrada cuando salí del restaurante.

Me siento desolada por esa historia de desgarramiento que es también la mía, Juan. Desolada, y a la vez tranquila; conozco ya la memoria que les heredaré a mis hijos, la que cubrirá los vacíos de ese huipil que tal vez algún día yo también borde. Desolada, pero completa. Como mis mujeres, tengo ahora todos los hilos en la mano y me aferro a ellos.

65.

Y sin embargo, a pesar del deseo que la envolvía al sentir la presencia de Arvizu —a veces le bastaba con sólo mirarlo, como bien pudieron percibir Adela y Reyes cuando los vieron en el París después de la primera noche juntos, ya no digamos cuando él se acercaba, o cuando con las manos suaves y sabias que tan bien conocía Anette tejía un laberinto sobre su piel—, no pudo olvidar la escena de las jeringas. La violencia con la que el doctorcito había reaccionado parecía darle crédito a los comentarios suspicaces que la francesa había empezado a escuchar.

«Las guardianas de la memoria», decía su hermana. Pero la suya era una cloaca, y sus pesadillas lo sabían. Las sombras oscuras que empezaron a rodearle los ojos no tenían que ver con la fiesta de desvelos que su cuerpo, ávido de caricias, construía entre las piernas de Arvizu. O no solamente. Después de que él se despedía con un beso suave y un «Hasta mañana, Anette», ella elegía no dormir. Elegía evitar hundirse en las imágenes del pasado que la asaltaban apenas cerraba los ojos. Monserrate, un barco, la voz del padre Aguiar, el vestido negro, los abrazos de despedida de Marie y Jacques: «Nos vemos pronto». Y otra vez el cuarto. Claire mirando fijamente la pared. Claire gritando en mitad de la noche. Claire. Claire. «Te buscaré en poco tiempo. Te lo prometo». ¿Cómo no había entendido lo que estaba pasando? ¿Por qué había seguido a Norberto Cruz en ese viaje a León? «Pórtate bien, cuñadita». La bata blanca y el olor a espadol del médico que hervía las jeringas en el cuarto. Claire adormilada. Lánguida. «Así puedo olvidarme de casi todo por un rato...». Las pesadillas no se terminan en la vigilia, pero pueden domesticarse. Se tapan con el sonido que sale de la radio, o con la charla de la gente. Las noches son un horror. Volvieron entonces los insomnios, las ojeras profundas, el miedo a los propios recuerdos. Verny que entra temblando a la cocina. Las fotos. Cansino acaricia el brazo de su hija adolescente. La memoria es una cloaca. Ella elige no dormir.

—Ah, el amor. Pero tienes que descansar, Anie.

Y Adela le cierra un ojo de manera cómplice. Seguía siendo la mujer amorosa que la había criado, la que la había acompañado en las noches en blanco de la infancia, la que la amaba como a una hija. Ésa era Adela; bajita, con la mirada pizpireta, y esa sonrisa franca con que las conquistó a ella y a Claire en el barco que las trajo a este lado del océano, con la mirada risueña de galleguita pícara, a pesar de sus casi cincuenta años y a pesar de las traiciones de Reyes.

—Pequeñas traiciones. Desliees, llamémosles mejor, como en las novelas que nos gusta leer. Ay, Anie, enamorarse es fácil, casarse es más fácil aún, lo difícil es que el matrimonio se sostenga a lo largo de los días, los meses y los años. Para eso hace falta no sólo amor. Hace falta complicidad, pero sobre todo hace falta paciencia y un poquito de «vista gorda», ¿no crees? ¿O acaso tú también, igual que Martín, piensas que soy tonta, que no me doy cuenta de sus historias con alguna piruja de turno? ¡Pero, querida! Todas ellas pasan, por eso no me preocupan. Porque cuando Martín, con ese cuerpezote ya tan pasado de peso, necesita regresar a casa —en el sentido más profundo de esa palabra, no a la casa de ladrillos, que ésa no tiene verdadera importancia— intenta hacerse un ovillo y pone su cabeza acá. —Adela señalaba entonces el hueco que se formaba entre su brazo derecho, casi rollizo, y el pecho—. Pone la cabeza acá y yo lo acaricio como cuando éramos jóvenes y le digo que todo va a estar bien.

Anette adoraba a aquella mujer, pero sabía que no debía hablarle del miedo que había regresado a poblar sus noches. Qué habría podido hacer, pobre Adela. Tampoco quería hablarle de las jeringas, de Claire y sus horas de «felicidad», de la violencia de Arvizu. Quizás porque ella misma prefería no darse cuenta. «Que no se acabe nunca el doctorcito». ¿También ella tendría que hacerse de la «vista gorda»? Pero no dormía. Sus pesadillas no disimulaban. El miedo, el dolor, volvían a aparecer en cuanto cerraba los ojos. «Así puedo olvidarme de casi todo por un ratito». Tenía quince años y la piel suave de las muñecas. «*Alouette, gentille alouette. Alouette, je te plumerai*». Los jadeos. El cuerpo sudoroso de Norberto Cruz. «Ahora tienes que ser una niña buena y bajar al patio. Ve a jugar con los otros chamacos. Pórtate bien, cuñadita». ¿Quién era Arvizu? ¿Qué tenía que ver con esos recuerdos que punzaban su memoria hasta hacerla sangrar? ¿Quién era ese hombre que enloquecía sus noches con apenas tocarla? ¿Una vez más estaba traicionando a Claire? ¿Cada estremecimiento era una nueva traición? Aquel médico que hervía las jeringas en el cuarto de Monserrate pagaba con unas horas de «felicidad». ¿Como Arvizu? ¿Unas caricias a cambio de su complicidad? ¿Cómplice de la mirada perdida de quiénes? ¿Cuántas «Claire» hay detrás de ese maletín? ¿Dónde están? ¿Quiénes son? «Pórtate bien, cuñadita». A veces eran dos o tres hombres los que pasaban por el cuarto en una tarde. «Tú tienes que salvarte, Anie. Vete. Te buscaré en poco tiempo. Te lo prometo». ¿Guardianas de la memoria?

66.

¿Qué estaba pasando? ¿Por qué Arvizu se había puesto tan violento? Quizás también ella se estaba excediendo. ¿Qué quería saber? ¿Qué tenía que ver con sus pesadillas ese hombre que se le había vuelto imprescindible? Una jeringa es sólo una jeringa. Los ojos de Claire clavados en el vacío y diciendo: «Déjalo, Anie. Deja que así me olvide de todo por un rato». Ella entonces le acariciaba la cabeza mientras el líquido iba entrando en su cuerpo. La respiración se le volvía más pausada y su hermana parecía por fin descansar. ¿Olvidar? La jeringa, la mirada vidriosa de Claire, las pesadillas, el insomnio. «Me gusta estar despierta cuando todos duermen, Adela». Pero ya no era una niña. Y sus noches se habían llenado de risas, de juegos, de piel que busca piel. «Déjalo, Anie». No pudo. No pudo dejarlo. No pudo hacer como si no le importaran las jeringas ni la violencia. Por eso lo siguió. Por eso vio cómo Arvizu salía del hospital y caminaba unas pocas cuadras hacia la zona más abandonada de la ciudad. Aunque ahora que habían cerrado Agua Caliente, todo parecía un poco abandonado. Un poco gris. Habían pasado casi dos años desde la orden del presidente y era como si nadie se acostumbrara todavía al silencio que cubría esa parte de Tijuana. Lo siguió a unos cuartos que habían sido de los empleados del casino. «Deja que así me olvide de todo por un rato». Apenas cabía un par de camas en cada uno. El piso era de tierra. Nunca habían terminado de ponerlo. ¿Para qué? ¿Qué huésped iba a asomarse por allí? Las paredes se habían manchado. Así era aquel desierto pegado al mar. El salitre las iba cubriendo más rápidamente que las plantas que habían traído del otro lado. Y ahora ¿a quién le importaba? Lo vio entrar a una de las habitaciones. Afuera había cinco o seis niños corriendo y gritando; adentro, penumbra. Anette esperó donde Arvizu no pudiera verla. Lo había imaginado desde siempre. ¿También ella prefería no saber, disimular, hacerse de la «vista gorda», como decía Adela? Reyes, ella, todos... ¿Quién quería complicarse la vida?

¿Cuánto estuvo ahí dentro? ¿Quince minutos? ¿Veinte? Salió con el mismo paso firme con el que caminaba siempre y con una media sonrisa en los labios. ¿Debía ella entrar a mirar lo que ya imaginaba que vería? «Somos las guardianas de la memoria». Lo sabía: una mujer muy joven, una muchacha, en una de las camas. Adormilada, la piel morena. ¿Qué edad tendría? «Menos de veinte años», pensó. Junto a ella, otra de la misma edad le acariciaba la cabeza.

—Llegamos juntas —le dijo, sin que Anette se hubiera atrevido aún a preguntarle nada—, somos como hermanas. Del mismo pueblo, de Paso de Arena en Guerrero. ¿Conoce? Es bien bonito. Las dos soñábamos con venir para acá. Ahora las dos soñamos con regresar. Qué lástima que no podamos.

Y volvió a acariciar a la que estaba acostada, como si no hubiera nadie más allí.

67.

—No me diga nada, Tafoya: un muerto.

—Sí, comisario.

—Por la fecha, me lo esperaba.

—¿Por la fecha?

—No importa. Yo me entiendo. El muy cabrón se está burlando de mí.

—Un muerto que hará mucho ruido, comisario.

—Hable ya, hombre. ¿Quién es?

—El doctor Arvizu.

Junto a la plancha de mármol estaba ya Mercado listo para hacer la primera incisión. A Quiroz le impresionó ver ese cuerpo joven. La noche anterior se lo había cruzado en el París. Estaba allí cenando como tantas otras veces. Habían pasado ya casi dos años desde la llegada del tapatío y cada tanto charlaban un rato cuando se encontraban. Las más de las veces sobre bueyes perdidos. Terreno conocido. Las últimas decisiones del gobierno gringo, las inundaciones en Mexicali, la nueva película que se estaba filmando de este lado de la frontera. O sobre la clausura del casino, que era de lo que hablaba toda la ciudad. ¿Qué mosca le había picado a Cárdenas? ¿De qué pensaba que iban a vivir ahora todos ellos?

—¿Y tú qué haces aquí, escuincle de porra? ¿Cómo llegaste tan temprano?

—Ya sabe, Tafoya, que yo también tengo mis informantes.

—A ver, chaval, toma tus fotos y te largas antes de que Mercado empiece a cortar.

—No sea así, comisario, a los del *San Diego Union* les encanta la sangre. Un poquito siquiera, no sea malo.

—Varón, 1.87 metros, 76 kilos de peso, complexión delgada, señas particulares: ninguna —empezó Mercado ya con el bisturí en la mano.

Quiroz imaginó el resultado de la autopsia. «Causa de la muerte: paro cardiorrespiratorio». Era lo mismo que decir nada. Todos moriremos de paro cardiorrespiratorio. Su trabajo era callar.

68.

Al entrar, Adela y Martín la abrazaron muy fuerte al tiempo que repetían, casi al unísono, «Niña, niña». Ella llevaba ya muchas horas despierta. Despierta y llorando. Lloraba porque era 30 de agosto y la ausencia de Claire le dolía en el cuerpo. Y lloraba por todo lo que acababa de morir junto con Arvizu. Por las madrugadas compartidas, por la sabiduría de sus manos, por el olor que quedaba en las sábanas, por aquella primera noche en que golpeó su puerta. «Usted es la única paciente que me importa, Madmoiselle Ferry», le decía al tiempo que recorría con los labios cada centímetro de su piel. Anette pensó en la tibieza de los brazos con que la rodeaba poco antes de quedarse dormido. Sólo unas horas. Antes del amanecer, la besaba con suavidad y se iba. «Hasta la noche, Anette». «Hasta la noche, doctor». Odiaba su memoria. La de antes y la de ahora. Odiaba ese llanto que se le escapaba casi sin quererlo. La memoria es una cloaca. Pero más odiaba la imagen de las jeringas que hervían en el cuarto de Monserrate. La mirada de su hermana perdida en el vacío. «Déjalo, Anie. Así puedo olvidarme de todo siquiera por un rato». Odiaba la culpa que como un estilete se le clavaba en el pecho. Sólo Arvizu había hecho desaparecer su insomnio. Por eso no quería saber. No quería escuchar los rumores que llegaban al París. «Que no se acabe nunca el doctorcito». Lloró porque no volvería a besarle los párpados cuando llegara cansado. Lloró por él. Por ella. Y por esa niña de dieciséis años que no merecía haber muerto. ¿Cómo no se había dado cuenta de lo que pasaba? Lloró porque nadie merece morir antes de los veinte años. Lloró hasta sentir que también ella moría. «Niña. Niña».

69.

Y el miedo en el momento en que me llaman a escena. La maquillista se acerca varias veces a taparme el brillo de la frente. «¡Niña, puedes relajarte un poco!». Tiemblo. Sólo sé bailar. «No te preocupes —vuelve a decir el director— tú solamente tendrás que mover la boca». Pero ya no soy una niña. Soy una mujer casada. Nos escapamos a Yuma. Yuma, Arizona. Un pueblo que hierve bajo el sol del mediodía. ¿Soñabas con el vestido blanco, mamá? ¿Soñabas con el estudiante aquel que pasaba a verme en su viejo convertible? Soy la diosa del amor, mamá. La frente me sangra. Tenemos que esperar. Es por la electrolisis. ¿Sabes lo que es, mamá? Aguanta, aguanta un poquito. Ya va a pasar. «No sé qué ha visto Mr. Judson en ti, muchacha, pero no dudo que esté pensando en un buen negocio». Los soldados tendrán mi foto en el bolsillo de la camisa. La mirarán cada noche y pensarán en las caricias que nadie les hará. «Todos los padres lo hacen, Maggie». Ya no soy una niña. «¿Acepta usted por esposo…?», preguntó el juez. Las manos manchadas de nicotina. El aliento rancio. Las noches en Tijuana. «¿No quieres que mamá esté contenta?». Soy Mrs. Judson. Margarita Carmen Cansino Hayworth, Mrs. Judson, la diosa del amor.

¿Qué saben estos niños que me gritan en la lengua afilada de nuestra infancia, Verny? ¿Qué saben ellos del

*movimiento de cadera que todas las chicas trataban de imi-
tar, del vestido de sirena, de la boquilla provocadora?* ¿Qué
saben de Under the Pampas Moon? *¿Has visto la luna
aquí, en el fin de mundo, Verny? Es tan brillante que hace desaparecer todo lo demás. El cielo más estrellado que
hayas visto en tu vida se ilumina de pronto cuando la in-
mensa luna amarilla se levanta en el horizonte. Sólo esas
noches logro sentir de pronto algo de aire sobre la cara. Sólo
entonces pareciera que el vidrio que me rodea se quebrara
y me dejara sentir la piel por algunos instantes. Una piel
limpia, Verny. Sin historia. Sin memoria. La piel del primer
día de la creación. La piel de Niamh antes de que conociera al joven príncipe. La diosa blanca. Por una noche. No
hay entonces soldados manoseándose. Ni muecas estáticas.
«Sólo una toma más, Rita». Es la hora en que tus jaulas están tapadas, mamá. ¿Te has acordado de hacerlo? El miedo. El sudor. «¡Maquillista!». Sólo tienes que mover la boca.
«¿Usted está seguro, Mr. Judson?»* Beautiful Spanish–Irish
dancer. *«No es suficiente», dijo alguien. En Yuma la ceremonia dura veinte minutos. Dos empleados del juzgado
son los testigos. El paisaje hierve. La lady no canta, niños. Nunca ha cantado. «Bien, querida; tú concéntrate
en mover las caderas. Así. Así. Y la sonrisa. Serás la mujer más amada de este país».* God Bless America!

¿Quién quiere volver a pasar por el corazón? Re-cordis. *Tres fotografías. Tres cuerpos. Tres hombres muertos.
¿Quiénes son, Verny? ¿Los conocí? ¿Me tiraron su aliento
rancio sobre la cara? ¿Me buscaron con dedos amarillos de
nicotina? ¿Uno de ellos es papá? ¿Y por qué la foto 57? ¿Qué
quieres decirme con todo esto, Verny?*

Me tiendo sobre la arena fría. Under the Pampas
Moon. *Una niña vieja.* A witch.

242

70.

«Espero haber salvado, sí, a otros inocentes». Ahora estoy aquí, encerrada una vez más porque no sé qué hacer, no sé qué entender. Ya me viste sentada en el suelo nuevamente rodeada de papeles. ¿Qué significan, Juan? ¿Qué quieren decir estos recortes de periódico, estas horribles fotografías? «Regreso en un par de semanas, Anette, te lo prometo». En el momento en que escuché la voz de Vernon en el teléfono sentí que caía al vacío. ¿Por qué prefirió no esperarme? «Anoche, antes de despedirnos, me pidió que le entregara una carpeta. No imaginé que no volvería a verla con vida».

Tres recortes de periódico. Eso es todo.

«Me enferman quienes abusan de su poder, querida».

Cada uno tiene la imagen de un cadáver, y escrito al pie, con letra pequeña, «Fotografía: Vernon Cansino». Tres hombres muertos en una misma fecha: 30 de agosto. 1934. 1935. 1936.

Han pasado ya más de cincuenta años.

«Espero haber salvado, sí, a otros inocentes».